（精装纪念版）

做一个有风骨的女子

晚情 著

不迎合，不媚俗

青岛出版社
QINGDAO PUBLISHING HOUSE

图书在版编目（ＣＩＰ）数据

做一个有风骨的女子：不迎合，不媚俗：精装纪念版 / 晚情著. -- 青岛：青岛出版社，2017.10

ISBN 978-7-5552-6025-7

Ⅰ．①做… Ⅱ．①晚… Ⅲ．①散文集－中国－当代 Ⅳ．①I267

中国版本图书馆CIP数据核字(2017)第215027号

书　　名	做一个有风骨的女子：不迎合，不媚俗：精装纪念版
著　　者	晚　情
出版发行	青岛出版社
社　　址	青岛市海尔路182号（266061）
本社网址	http://www.qdpub.com
邮购电话	010-85787680-8015　13335059110
	0532-85814750（传真）　0532-68068026
责任编辑	郭林祥
选题策划	李文峰　崔　悦
特约编辑	崔　悦
版式设计	李红艳
印　　刷	三河市南阳印刷有限公司
出版日期	2017年10月第1版　　2017年10月第1次印刷
开　　本	32开（880mm×1230mm）
印　　张	9
字　　数	150千
书　　号	ISBN 978-7-5552-6025-7
定　　价	59.00元

编校质量、盗版监督服务电话　4006532017

青岛版图书售后如发现质量问题，请寄回青岛出版社出版印务部调换。

电话：010-85787680-8015　0532-68068638

所谓的捷径，

只是比别人明白得更早而已。

Never
Trust
A
Skinny
Cook

雜貨的

昔過的雜貨為主角。
手台等不同的空間和角落，

这世上，

有的是精彩无比的女人，

有的是遇到伤害就果断转身的女人，

有的是清醒睿智的女人，

她们不是更幸运，

而是她们的观念更睿智。

真正的有情有义，

不是隐瞒真相，

也不是无限期地拖，

而是勇敢面对，

积极解决，

给自己一份坦坦荡荡，

给对方一个真实答案。

我们中的大多数人，

都是平凡而又普通的，

都有着无法避免的喜怒哀乐，

但是，

有的人活成了愁苦的模样，

有的人却活成了幸福的模样。

决定这两者的，

并不是本身的环境，

而是一个人的心态。

一个人生活得好不好，
取决于独立思考的能力和独立解决问题的能力，
如果什么事都要问别人，
就算身边高手环绕，
智者辈出，
人生依然会一塌糊涂。

疼我入骨者，
我事之以君王；

———————

———————

轻我若尘者，
我弃之以敝履。

一个女人是否能过上有底气和有尊严的生活，起决定性作用的因素，从来不是经济，而是敢不敢不委屈、不将就的决心。

爱不应该成为要挟对方的理由，
更不是拿捏对方的武器。
如果有人愿意包容我们的小性子，
我们还给对方的，
应该是更好的自己。

最终成全我们的，

———

———

是爱不是恨。

contents 目录

目录

CONTENTS

做一个有风骨的女子

不迎合，不媚俗

做一个有风骨的女子
不迎合，不媚俗

婚后放弃自我的女人，婚前大多也平庸

前段时间，我们几个为好朋友小R办了一个小小的庆功宴。她花两年时间写的一个电视剧本被某影视公司看上，并以100万的价格买下了这个剧本。

小R是个全职妈妈，结婚前是做HR的，工作做得相当出色，后来结婚怀孕决定辞职时，上司诚恳地挽留她，并豪爽地表示：孩子尽管生，放你一年假，然后回来上班。

小R很感激上司的体谅，但还是拒绝了。她很早就打算，在孩子上学之前的这段时间，她一定要亲自陪伴孩子长大，然后才会考虑重入职场的事。当时，我们几个人也都帮她分析过辞职后可能会出现的种种情况，建议她再考虑一下，但小R陪孩子长大的决心异常坚定，于是，我们都选择尊重她的决定。

私下里，我也问过她："真的想好为孩子放弃这几年吗？会不会后悔？"

小R笑得很坚定，她说："亲爱的，你放心吧，就算我全职在家带孩子，我也不会放弃提升自己的。"

小R一直都是一个有主见的姑娘，我笑着祝福她一切安好。

后来，我们聊天时，我问起她的生活。她说孩子前三个月基本都以睡为主，只要他睡着了，自己就可以干其他事了，只要按时喂他、给他换尿片就可以了。如果很困，就陪着孩子睡一会儿；如果不困，就做些自己喜欢的事。工作那会儿，小R天天忙得不可开交，反而在带孩子时，更有时间看几本书。

当孩子再大一些时，睡眠就逐渐减少了，但她看了很多育儿方面的书，把孩子的习惯培养得非常好，比别的孩子要省心得多。

又过了段时间，小R跟我说买了些编剧方面的书，想写一部关于家庭的剧本。

说实话，当时我并不是特别看好她，毕竟专业编剧那么多，都未必能把自己的作品搬上荧屏。面对我的提醒，小R的心态特别好，她说我只是想写这样一个故事，想学习如何写剧本，至于结果如何，我并不在意。

小R整整写了两年，特别用心，加了不少编剧群和影视群。

很多人都说小R的运气特别好，我想这大多是指她一个剧本能卖100万吧！关于这一点，连小R都不否认，但我知道如果没有她之前的努力，这份幸运不会降临到她身上。

庆功宴结束后，小R单独邀请我去喝咖啡，有些剧本上的问题想和我聊聊。

于是，我们又转战星巴克，我再一次恭喜她。

小R跟我说了心里话："晚情，很多人恭喜我，是因为这个剧本卖了100万，但说句矫情的话，我收获最大的不是这100万，而是在这个过程中，我找到了自己的乐趣，在带娃的这几年里，因为有了寄托所以心态特别好，顺利度过了从职场回归家庭的不适。"

我懂她的心情，也许很多人觉得，因为这个剧本最后卖了100万，所以小R这两年的学习是值得的；如果最后什么都没有，就认为这一切都不值得。其实不是，小R最大的收获绝不是金钱，而是这份热爱使她在全职妈妈的生活里没有迷失自己、懈怠自己。有了自己喜欢做的事，她没有机会感受到带娃的苦闷，也不会将所有的精力放在老公身上，让对方窒息，而是合理地安排好自己的时间，将生活过得游刃有余。

几年前，我在网上认识的另外一位朋友晓琳前几天发来喜讯，她终于开了自己的工作室。

晓琳也是一位妈妈，但父母很早就去世了，婆婆又瘫痪在床，公公要照顾生病的老妻，在带孩子一事上，无法给她提供任何帮助，而她当时的经济条件也不允许请保姆，夫妻两个商量后，决定由收入低的那方辞职带孩子。

刚刚辞职时，晓琳很不适应，总觉得年纪轻轻就做了家庭主妇，和自己的追求相差太远，更担心自己和社会脱节，无法和丈夫一起成长。

但她并非那种甘于现状的人。念书时，她对工笔画很有兴趣，还跟一位老师学过一阵子，后来因为不是本专业，就放下了。但现在，她心想：孩子那么小，又不能出去工作，如果能在家里做点事就好了。

这个念头越来越强烈，于是她从网上购来整套画具，开始练习，一开始由于多年不动笔，有些生疏。但她不气馁，仔细临摹，抓住一切空隙练习。渐渐地，她画的工笔画越来越好。晓琳是个有想法的姑娘，眼看着孩子的开销越来越大，自己辞职在家后，收入锐减，就想到：是不是能把自己的画卖出去贴补家用呢？

晓琳想到就做，带上自己画的几幅画，抱起孩子，打听了几家画廊的地址，就直接找了过去。

也许是对方觉得她的画真的不错，也许是见她抱着孩子，真的不容易，画廊老板一口气买下了四幅画，晓琳拿着那沓钱，兴奋得不知如何是好。老板告诉她，只要画好，尽管拿来。

有了这句话，晓琳创作的热情更加高昂了，她把家里的客厅分成两块，一块是宝宝玩耍的地方，另一块是她努力作画的地方。一段时间后，她画画的水平越来越好，卖的价格也越来越高。渐渐地，很多餐厅、酒吧、装潢公司都来预约买画，晓琳萌生了开自己的工作室的想法，此时，孩子已经四岁，可以上幼儿园了。

她曾在网上和我沟通过，我非常赞同她的想法，虽然开工作室会增加开支，但有一个更好的创作环境，是非常必要的。

晓琳考虑了一下，觉得有道理，便开始寻找合适的房子，中间我们没有联系过，直到她的工作室正式开张。

若论现实状况，晓琳当时的情况真算不得好，长辈那里没有任何支援力量，还要从为数不多的收入中寄一些钱给公婆。但是如今，她已经拥有了自己热爱的事业，这几年努力下来，经济条件也大为改善。看着她一步一个脚印走向幸福的未来，我真的为她感到高兴。

很多人都认为女人放弃自我是缘于婚姻和孩子，事实上根本不是。一个热衷于自我成长的女人，无论结婚还是单身，无论有孩子还是没孩子，她都会创造一切机会，努力提升自己。

而那些婚后就放弃自我的女人，大多在婚前就已经放弃自我，最好的情况也就是做着一份机械重复的工作，拿着为数不多的薪水，希冀着婚姻给予自己想要的生活。

只是，当她们发现婚姻并不能满足她们自己的愿望时，甚至是生活严重反扑时，才惊慌失措，但她们并不愿意承认这是自己不努力造成的，反而会把一切推给婚姻和孩子。

不要把所有过错推向婚姻，好的婚姻，不但不会使一个女人停止成长，反而会令一个女人变得更加美好，褪去了青涩和幼稚，增添了优雅与智慧，成为一个无比动人的女人。有孩子也不会令一个女人变成黄脸婆，和孩子相处的过程中，她会因为感受到孩子那份纯真的天性和血脉相连的依偎，而变得更加柔软，更加热爱生活，甚至会变得更加上进，因为她心里清楚：有了孩子后，我就多了一份责任，我需要为孩子树立一个榜样，我不能让他（她）见到一个失败的母亲。

人说"为母则强"，大概就是这个意思了，孩子绝不会破坏母亲的人生，只会使母亲迅速成为一个坚强负责的人。

每一位姑娘都应该明白一件事：婚后放弃自我的女人，婚前大多也平庸，令你放弃自己的，从来不是婚姻与孩子，只是你身上的惰性而已。

女人的最高境界，就是这两个字

六年前，朋友糖糖第一次拎着大包小包去见未来的公婆，没有拿到老人的红包。

在我们这里，大多数人对第一次上门的红包看得比较重，如果公婆特别满意未来的儿媳妇，就会包一个大大的红包，如果感觉还行，就会包一个一般行情的红包，即使经济条件再差的家庭，也会封个红包，以示认可。

如果不给红包，就说明两个问题：第一是这家人特别不懂礼数，第二是特别讨厌这个女孩子。

而女孩父母若知道自己的女儿上门去，对方没给红包，一般都会气得鼻子冒烟，天涯上这类帖子一搜一大堆。

糖糖的闺密们知道她没拿到红包，个个义愤填膺，一个说：

"这简直就是打脸，有这么羞辱人的吗？"

另一个说："这么抠的人家我们不嫁，又不是嫁不出去，太恶心人了。"

还有一个说："马上分手，这家人太极品了，以后嫁过去有的受了。"

糖糖却洒脱地一笑："不就是个红包吗？没有就没有，反正我也不缺这点钱啊！"

其他人见她没心没肺的样子，急得要死，纷纷告诉她，这不是钱不钱的问题，这是礼数问题、态度问题，一直上升到人品问题。

糖糖还是不以为意，认为一个红包代表不了什么，只要和男友感情好就行了。

她的闺密啐了她一声："感情好？你别开玩笑了，感情好会让爸妈不给你红包吗？他也有很大的责任。"

但糖糖还是没当一回事，照样和男朋友恩恩爱爱，照样问候对方的父母，这件事，一点都没有在她心里留下芥蒂。

第二次上门时，未来婆婆突然塞给她一个红包："上一次就准备好了，那天你第一次上门，我们也挺紧张的，生怕哪里疏漏了，结果就把红包给忘了，年纪大了记性不好，好几天后看见红包还在才想起来的，是阿姨的疏忽，你不要介意。"

糖糖笑得心无城府。

这件事，让糖糖给未来的公婆留下了很好的印象，私下里对儿子说："糖糖这女孩子就是大气，不计较，现在很少有这么通情达理的好女孩了，你可要好好珍惜。"

我曾私下里问过糖糖："真的一点都不介意吗？"糖糖阳光灿烂地笑道："原则性的事情应该计较，这些生活上的小事，不去在意会活得更开心。"

结婚一年后，糖糖有了孩子，她的父母在为她的哥哥带孩子，不能过来照顾他们母子，婆婆自告奋勇地过来帮忙。

现在老人和子女共同带孩子而不闹矛盾的，简直就是凤毛麟角，彼此的生活习惯、育儿观念、新旧做法，哪一点都能擦出矛盾的火花来。我家一位亲戚有了孩子后，家庭差点分崩离析，天天上演六国大封相。媳妇嫌婆婆观念陈旧、不懂科学喂养，婆婆觉得媳妇不知好歹、挑剔难缠，两人都快演变成仇人了，最近据说又闹了矛盾。

但是糖糖身上完全没有发生这类情况，我去看她时，也见过她婆婆带孩子，并不比其他老人高明，很多做法在年轻人眼里，也是有问题的。

但糖糖说："老人嘛，怎么可能要求他们和我们完全一样呢？既然我自己无法独自带孩子，那我婆婆来帮忙，我就应该感激她，虽然她有些做法确实和我不一样，但她是孩子的奶奶啊，她肯定也是全心全意疼孩子的，你要一个六十岁的老人科学育儿，这不是强人所难吗？其实太精细养出来的孩子未必好，再说她不是把我老公带得好好的吗？"

婆婆并非遗世独立，当她看见别的老姐妹被媳妇东嫌西嫌时，她就觉得自家媳妇大气又豁达，反而心甘情愿地学习糖糖带孩子的方法，她经常说："我们老了，很多观念跟不上时代了，得向年轻人学习。"

家里没有烦心事，糖糖就有更多的时间和心情去努力自己的事业，在公司里，同事和领导对她评价最多的一个词，就是大气。

糖糖所在的部门是销售部门，用业绩说话，你若有能力，自然站得住脚。但做过销售的人都知道，客户与客户之间的差别很大，有的客户三两下就签单了，有的客户非常难缠，能把人逼疯；订单金额也有大有小，有的订单签一个，半年业绩就不愁了，有的订单签十个八个，也不过杯水车薪。

糖糖一组有四个女孩，个个能说会道，长袖善舞，积极争取那些好说话的客户和金额大的订单，人人争先恐后，生怕自己吃亏，糖糖争不过她们，自然那些难缠的客户和没人愿意接的订单就归她了。

以前糖糖不在的时候，几个女孩子天天吵得主管头痛，哪个没争取到自己满意的客户和订单，就会把主管烦个半死，自从糖糖来了之后，这个问题就解决了，因为每次她都体谅主管的难处，愿意吃亏。

主管也知道糖糖的好处，知道她放弃了很多属于她的利益，作为补偿给了她一个大单，但糖糖只跟对方联系了一次，这个单子就被同部门的人抢走了。

对方很"无辜"地说，不知道糖糖在跟，所以就攻下这个订单了。

换作别人，肯定不会善罢甘休，但糖糖说："我动作不如别人快，失去订单，是我自己的责任。"

不少同事都觉得她傻，什么都可以让，什么都不计较，不被欺负死才怪呢！

但是一年后，主管升职，领导让主管推荐一个接班人，主管推荐了糖糖，其他同事不服，说凭什么呀，她的业绩又不是最好的，凭什么升职的人是她！

主管说："你们说得没错，糖糖的业绩确实不是最好的，从销售而言，她不是最出色的，但现在的岗位最大的要求不是销售能力，而是人品，有没有大局观念，是否公正正直，才是选拔的第一要求，从这一点来讲，她是最适合的。"

在原主管的力挺下，糖糖升任主管。

她提出请我们吃饭庆祝一下，席间，当当开玩笑说："果然傻人有傻福，幸亏你遇到的大多都是好人。"

糖糖却说出了一番令我们深思的话：我一直觉得，女人最难克服的一个毛病就是小气、计较，一点点小事就想不通，耿耿于怀好多天，所以我从小就立志做一个大气的女人，但大气不是傻气。比如我婆婆，虽然第一次她没有给我红包，可是在接触过她以后，我感觉得到她是个很不错的老人家，她不可能故意给我难堪，一定是有什么其他原因，而且我也不想因为一点点小事就否定一个人；还有我领导，虽然她几乎每次都会让我吃亏，因为看起来我最好说话，但是我知道她是个很正直的人，作为领导，她有她的难处，她要顾全整个团队的凝聚力，如果她是个欺软怕硬的，我早就辞职不干了。

是啊！我们都应该做一个大气而不傻气的女人，懂得宽容体谅别人，却也有自己的识人眼光和底线。

为什么你不在顺境时就好好努力？

　　这几年，我亲眼见证了朋友M从美到丑、再变美的过程，这一过程也伴随了她从优秀到平庸再回归优秀。

　　我认识M时，对她印象最深的就是她那有如婴儿般细腻白皙的皮肤，这让时不时要冒几颗痘痘的我，简直能羡慕到流口水。于是，我向她讨教如何护肤的秘诀，一来二去，渐渐成了好朋友。

　　那时的M刚刚大学毕业，虚心好学，任劳任怨，经常晚上十二点了还在加班，甚至还去报了个周末培训班。很公正地说，那时的M是我们几个同龄姑娘里最努力的人。

　　所以，她在一年之内就从普通行政被领导提拔为助理，两年之后，又被领导推荐独立管理一个部门。在同时进去的人里，她是升迁最快的。

她的男朋友是培训班里的同学，在另一个公司里当主管，在她升为部门主管时，两人结婚了。在我们还小姑独处时，M已经完成了人生最重要的两大课题。

结婚之后，M和我们的联系渐渐少了，后来听说向公司申请去了老公所在城市的分公司。大概是一年后，和一位朋友吃饭，朋友突然说前段时间出差见到M了，她变化之大，让人简直不敢相信。我问是什么变化，朋友说M现在已经胖得走样了。

没过多久，我就见到了M，我比朋友更吃惊，眼前的M腰圆膀粗，让我想起一个成语：虎背熊腰。曾经窈窕的身材，早已没有了痕迹，让我怀疑这一年里她到底吃了什么。最让我可惜的就是她的皮肤，原先白皙细腻的脸庞早已消失不见，呈现在我眼前的是一张粗糙暗黄的脸。

我惊讶得说不出话来，M看见我的样子，自嘲道："现在只要以前认识我的人，看到我都是这副表情，不过还是要谢谢你，认出了我。"

吃饭的时候，M一口气吃掉六个菜，因为关系密切，我也不拐弯抹角："亲爱的，你都胖成这样了，是不是稍微节点食呢？"

M无奈地说："我也想啊，但是臣妾做不到啊！"

送走M，想起当初那个肤白貌美的她，还是深深为她可惜，之后，关于M的坏消息一个个传来，先是听说她由于工作懈怠，被公司调了回来，安排在一个不重要的岗位，紧接着又听说她老公出轨和她离婚了。

我给她打过一次电话，她在电话里哭得声嘶力竭，但拒绝了我去陪她的好意，她发狠说："亲爱的，我要消失一段时间，我已经向公司提出辞职了，我不变回从前的我，这一辈子我都不打算再见你们了。"

M说到做到，彻底消失在朋友圈里。大概一年后，阿姨说有人找我，我出去一看，一个气质绝佳、身材窈窕、脸色红润的美女站在我面前。这一回，M再次让我惊得合不拢嘴。M看见我的样子，笑得非常得意："这次你的表情，我非常受用，记得一直保持哦。"

我问她这段时间干吗去了，她说辞职后先去外地散了散心，想了很多，起初认为前夫劈腿不就是嫌自己又胖又丑吗？所以下了狠心要好好收拾自己，先去办了张健身卡，还有美容卡，每天只吃一个苹果、一杯牛奶，好几次饿得两眼发昏，辗转难眠，咬着被子告诉自己：你还想不想变漂亮？如果不想再看见别人同情的眼光，那就给我忍着。就这样，三个月里，M的体重迅速下降了15kg，加上天天锻炼，气色也越来越好。大概半年前，她重新找了份工作，像以前那样激情百倍地投入，现在的领导非常赏识她。

M把自己的经历写成帖子发布在朋友圈里，顿时引起了轰动，很多人被她的意志力征服，回复里被一片溢美赞叹之词淹没，M被很多人封为"励志姐"，很多人祝福她一定会再次得到幸福。

看到M生活得如此努力，我也为她开心，看到她把自己的经验分享出来，鼓励每个人更好地生活，我深信她现在过得很好。

但是有一次，我们聚会时，M喝多了，我送她回家，她抱着我说："亲爱的，其实我很后悔，你知道吗？我现在是很努力，是过得不错，但是为什么我没在拥有一切的时候也像现在一样努力提升自己呢？"

我安慰她说人总会经历一些挫折和遗憾。

她摇摇头，跟我说了很多很多。

当初刚离婚时，她恨前夫，觉得这男人在自己貌美如花时百般黏糊，一旦变丑就移情别恋，简直就是人渣。可是渐渐地，她开始从另一个角度思考问题了。当时的她，连自己都看不下去，浑身一堆堆肥肉，自己看着都寒碜。爱情里没让自己变得更美更好，让他更离不开自己，而是放弃了所有努力，最后失去了能怪谁呢？

她呜咽着说："你知道我当初的想法有多愚蠢吗？我天天想着让他带我去吃各种好吃的，如果不带就是不爱我，所以他必须得带。刚开始胖时，他提醒我运动，但我很不高兴，我认为爱我就得让我快乐，让我去运动就是勉强我，就是不爱我。他就不敢再提，我每天窝在沙发上吃零食看肥皂剧。那几年里，我连一本书都没看过，一节课都没上过，看书上课哪有看剧轻松啊。我也不再联系你们，就想跟他腻在一起，让自己的圈子越来越窄。

"变成这样后，我还把所有责任都推到他头上，因为他没有让我越变越好，可是他敢跟我说真话吗？他的任何真话在我眼里都是不爱我的表现，我爱听的是'就算你胖到两百斤，我也一样爱你''就算你丑到极点，在我眼里依然是最美的'。我现在又恢复到和以前一样了，其实很想甩自己两个耳光，问问自己：当初你干吗去了啊？你为什么不在顺境时就好好努力？非得等到生活甩了你几个耳光才清醒？"

M能从过去的失败中，悟出这一番道理，没有自暴自弃、自怨自艾，已经比很多人强了，而她的这番觉悟值得我们每个人深思。

大多数人在顺境时比较容易放松对自己的要求，在逆境时更愿意发奋努力，这似乎是人的天性。但为何一定要等到失去或逆境时才肯刻苦努力呢？

小时候语文课里有则寓言，叫《亡羊补牢》，这则寓言告诉我们有了错误要及时改进，以免损失更大。但其实大部分人都知道，在羊还没失去时，就把羊圈建得牢固，根本就不会有"亡羊"的事发生。

能够意识到自己的问题，努力去改，是一种积极的态度，值得鼓励。但改正、补救已是下下之策。只有在顺境时就保持清醒的头脑才不会导致失去，陷入逆境。

几乎所有人都有过这样的体验：如果当初我好好努力，现在已经……如果当初我好好珍惜，现在可能……如果当初我不贪图安逸，说不定现在……

永远陷在失败里爬不起来的是生活的弱者；那些能从失败里重新站起来的是生活的勇者；而在一开始就能看清这一切，不去人为导致失败和逆境的，才是生活真正的强者和智者。

有一种女人，永远也过不好自己的一生

参加朋友聚会时，一位只有一面之缘的朋友送给我一个带有异国风情的发簪，我非常喜欢，她告诉我这是在欧洲游玩时看见的，那里有很多手工做的小饰品，非常精致，买了好几个送给朋友们。

我笑着说谢谢，然后她接了个电话先走了。这时候，旁边一人从自己包包里掏出一个差不多的发簪递给我："我不太喜欢用这种东西，这个送给你吧！"

我推辞了一番收下了，随口开玩笑说："这么漂亮的簪子，你真舍得给我呀？"

她用很不屑的语气说："有什么好舍不得的，又不是什么珍贵的东西。"

我惊愕地看着她，东西确实不贵，但毕竟也是人家的一番心

意。她像看出我的心思，撇撇嘴道："我是真不稀罕这种东西，你以为她是为了送你东西吗？她只不过是为了告诉你，她去欧洲了，但又不能直白地说，我最讨厌显摆的人了。"

然后，她径自走了，我留在原地无所适从。

大概一个月后，有位朋友给我寄了两箱特产，家里人少吃不完，就想着四处分分。我想起那位送我簪子的朋友，便打电话问她地址，打算给她送些过去，也算还了之前的情。

接到我的电话，她很高兴，详细地把地址发到我的手机上，说被人记挂的感觉真好。

我看了看她发给我的地址，有些惊讶，我们这里几个高档别墅区我都清楚，而她发给我的地址更是贵中之贵，当年刚开盘时一栋最少都要上千万。

我过去时，她特别热情，我看不到她身上有任何显摆炫耀的意思，反而较常人更加温柔体贴。

中间我有几次想起身告辞，她都留我再坐一会儿，她坦然地告诉我，身边很少有朋友，平时都比较寂寞，难得有朋友过来，她觉得很开心。

我的到来让她如此开心，我也不好意思太早告辞了。那天下午，我们聊了很多，她有些遗憾地对我说："其实身边朋友也不少，但真正交心的几乎没有，大概是我的为人处世有问题吧！"

我理解她的苦衷，所谓高处不胜寒吧！对于她而言，优越的物质生活足以刺痛很多人的眼，我想起她上次送我簪子那一幕，以她的生活条件，即使每个月去趟欧洲都没问题，根本无须以这种形式来告诉大家，但依然有人认为她在显摆。事实上，她不但没有显摆，甚至算得上低调了，否则我也不会直到她家才知道她的现状，她的朋友圈里除了偶尔分享一些文章外，很少有其他内容。

想起前段时间一位朋友的经历。朋友最大的爱好就是美食，这辈子誓与美食共存亡，但凡哪里新开了什么餐厅，必然要去尝尝。其实，身边有这样一位朋友非常方便，但凡我要请什么人吃饭，只需给她打个电话，告诉她要求，她就会给我推荐综合指数非常高的餐厅，每每为我的宴请增色不少。她也很为自己这个特长高兴，但凡发现什么特别好或者特别差的饭店，总喜欢在朋友圈里点评一番。但上次我们聚会时，她拍完照上传到朋友圈里，过了一会儿，她习惯性地看看手机，然后脸色就变得特别难看。

我们忙问发生了什么事，她把手机递了过来，示意我们自己看。我们赫然发现，她刚发的朋友圈里有几条不太和谐的评论："朱门酒肉臭，路有冻死骨。""知道你生活条件好，也不用老晒吧？"

朋友气呼呼地说："朋友圈有屏蔽功能的吧？看不惯可以直接屏蔽我啊！再说了，我们每次吃饭也不过两三百块，没什么值得炫耀的吧？"

这个社会上，确实有些人刻意炫耀晒富，这样的行为确实让人反感，但很多玻璃心的人，但凡看见别人拥有的东西自己没有，别人去的地方自己没去过，便认为对方存心炫耀，殊不知，那不过是人家正常生活中的一个剪影而已。

很多所谓的炫耀，只不过是生活差距而已。同样晒美食，看在一个买菜需要精打细算的人眼里就有炫耀之嫌，看在生活宽裕的人眼里，只不过是记录生活；同样晒礼物，看在经常收礼物的人眼里，早已司空见惯，起不了一丝涟漪，看在鲜少有礼物收的人眼里，自然成了炫耀之举。

我有一个心气特别高的朋友，当初她刚毕业时，由于家境普通，薪水也不高，生活水平自然一般。于是，看见别人穿了一件大牌衣服从身边走过，总觉得对方是在刻意招摇过市，要是看见谁戴了件新首饰，总是愤愤地和我抱怨：那些人不晒富会死吗？我曾无数次想告诉她，人家没有晒富，只不过是正常的消费而已。好在这位朋友并没有在这条道路上走得太远。心气高，不甘人后，一直认真工作，努力提高自己，几年下来，亦是小有成就。我渐渐地发现，她指责别人炫耀的次数越来越少了。

有一次，我们一起喝咖啡时，她主动跟我提起这一段："亲爱的，以前我敏感又玻璃心，总觉得别人在炫耀什么，当我自己越来越好的时候，我发现，原先那些心理都没有了，甚至还渐渐能替别人高兴了。这一两年来，我终于明白，人家从头到尾就没炫耀，我认为她们炫耀，只不过说明我的生活不如人家而已。"

她有这样的认识，我特别为她高兴。仔细看她，这几年来的变化是潜移默化的，曾经尖利的眼神已经没有当初的凌厉了，曾经阴阴的脸孔已经被浅浅笑意取代了，整个人都柔软多了。

　　这个世界没有你以为的那么充满恶意，也没有那么多人以刺激别人为乐，大多数人不过是过着与自己能力相匹配的生活。

　　在气恼别人炫耀时，不妨静下心来审视一下自己的生活，是否已经和别人差距太大。太多的愤怒与嫉妒既不可能使别人的生活水平下降，更不会使自己的生活质量提高。

　　唯一能做的，不过是两件事：心平气和地过好当下的生活；积极努力地去缩小和那些令你不爽的人的距离。

　　我们必须明白：能刺激我们的事越多，说明我们的现状越差，能刺激我们的事越少，说明要么我们的心态已经好到一定境界，要么我们的生活早已脱胎换骨。

女人不可以懒

我刚进公司时，财务部有一位特别会打扮的女同事N，人也长得挺漂亮。她是公司的时尚标杆，和我们这一群土妞有着明显不同，当我们在淘宝搜索衣服时，她身上的都是大牌，当我们坐班车上班时，她开着几十万的小车施施然来上班。

偶尔，她也会指点我一下穿衣打扮，人不错，但对工作非常无所谓，拿给她报销的东西不催三次，绝不会办好。一个鹤立鸡群的姑娘本身就会引起别人的嫉妒，再加上工作态度散漫，自然会引起更多人的不满，偶尔，我也会提醒她一下。

但她笑得满不在乎："小姑娘，工作能赚几个钱啊，我也就是来玩玩的，等我一结婚，肯定就辞职不干了，又不想升职加薪，那么努力干什么？"

那年，她28岁，听同事们说，她给自己设立了目标，30岁之前一定要嫁个有钱人，工作是托关系进来的，只是为了多认识些人而已。

我和她只做了小半年同事，因为她很快就如愿嫁给了有钱人，记得最后一次，她来给大家送喜糖，顺便辞职，她送的喜糖也和别人不一样，绝对的高大上，我把玩了很久都没吃。

走的那天，她跟我聊了会儿。她说，女人没必要那么辛苦，大雨滂沱时，有人撑伞是幸福，自己撑伞是辛酸。女人就该把自己打扮得漂漂亮亮的，让男人来呵护来疼爱。只有那些条件差的女人，才需要好好努力，为自己撑起一片天。

当时的我，懵懵懂懂，觉得她说得似乎很有道理，又觉得似乎有点似是而非。

N走后很长一段时间还会被其他同事茶余饭后谈起，尤其是当遇到工作不顺心时，很多人会说："还是N聪明啊，找个有钱的老公养着自己，家里请好保姆，什么都不用干，每天就是逛逛街美美容，再看看我们的日子，辛苦操劳不说，还得看人脸色，受受委屈，如果当时也有N那么明确的人生规划，也不用灰头土脸地自己打拼了。"

一番感叹说得很多人心有戚戚焉，觉得自己的人生太辛苦了，更不知道这么辛苦到底值不值得。

我也经常会进N的空间里看看她的更新。N的大多更新主题都是：人生最多不过几十年，辛苦是一生，逍遥也是一生，为何不好好享受生活呢？很多人在下面留言，赞她早早就知道善待自己，是不折不扣的人生赢家。N也经常晒晒自己购物的成果和悠闲的生活。

有好几个女孩把N当成自己的人生榜样，认为那么辛苦勤奋所奋斗来的成果还赶不上N的一根毛，那么努力还有什么意义！

后来，N的更新越来越少了，听说她生了个儿子。我们想，这是她要的人生，也算圆满了。渐渐地，有了儿子的N慢慢淡出了大家的视线。而随着年纪的增长，原先的人辞职的辞职，结婚的结婚，每个人都奔向自己的人生。

前两天，先生要我给他买两件衬衣，我去商场时，惊讶地看见了多年不见的N，让我惊讶的是她并不是来购物的，而是一家专柜的店员。相见如此突兀，彼此都已避之不及，N尴尬了一会儿，恢复神色对另一店员交代几句，便和我去了商场里的星巴克喝咖啡。

婚后，N确实过了一段轻松又风光的日子，那段日子维持到儿子出生。孩子还不满周岁时，老公就在外面有了别的女人，N很快就知道了，质问老公，男人也没否认，坦白承认了自己的出轨，N大吵大闹，要老公和外边的女人断了，但老公根本不理会她的闹腾，摆明了自己的态度：N不想离婚，那就继续过，想离婚也可以，但和外面的女人断了，没门！

N生气又伤心，不是没有想过离婚，可是离婚就意味着再也没有现在的生活水平，意味着要重新进入残酷的职场拼杀，她已不工作多年，完全没有信心自己离婚后能过好。她权衡了几天，老公每

个月给自己8万家用，其中有三四万是自己的零花钱，自己上班辛
苦受气不说，也赚不来那么多，何况，自己已经奔四了，再找也困
难。在种种现实下，N选择了接受和隐忍，对老公的花心睁一只眼
闭一只眼，把更多的精力用在购物玩乐上，心想：这辈子就这个
命，起码物质生活还是可以的，就这样吧！

N觉得自己已经妥协了，也不再管老公了，应该就能这样过完
一辈子了吧！

但人生永远是无法预估的，N愿意为了每个月8万的家用忍气
吞声地继续在无爱的婚姻里消磨，但外面的女人却未必会让她如
愿。

两年后，老公还是向她提出了离婚，N死活不同意，歇斯底里
地喊："你在外面怎样我已经不管了，你还要怎么样，我都没提离
婚，你提什么离婚？"

但男人没有理会她，他的心思早已不在N身上，只撂下一句狠
话："不离，那就起诉，天下没有离不了的婚。"

N在这方面不糊涂，她开始要求财产，但她悲哀地发现，她能
知道的除了一起住的别墅，竟没有其他的了，其他财产，在男人决
定离婚那一刻已经悄悄转移。男人甚至很鄙视地说："就这套别
墅，我给你，恐怕你也交不起物业费吧？"

最后，N只得到了为数不多的现金。离婚后的N，碍于面子，
依然过着和以前差不多的生活，可是金钱很快告急，再也维持不了
她的花费。

勉强维持了几个月后，她不得不面对现实：再不自己努力，可能吃饭都要成问题了。

但当初的关系已经不在了，N的知识本来就不扎实又多年不用，正常的办公室工作根本做不来，后来，因为有多年购买大牌的经验，才来到商场做营业员。

说起当初，N满脸悔恨，说如果人生重来一次，她一定会选择截然不同的生活方式。

告别N走出商场，我心中感慨万千，并不是所有在人生中偷懒的人都会有N这么戏剧化的转变，但在该努力的年纪里偷懒，必会让接下来的人生举步维艰。

我们都知道，辛苦努力等待花开的日子都是寂寞而漫长的，向上攀缘聚沙成塔的过程都是痛苦而沉重的。人都有惰性，谁不想有一个厚实的肩膀替我们遮风挡雨，给我们一个江山锦绣的未来？谁不愿在如花的年纪能够随心所欲地买下自己看上的任何一件东西？谁不希望有人替我们安排好生活里的一切，能让我们安逸优雅地享受生活？

有人问我，怎样才能快速地拥有这一切？真相很残酷：生活并没有捷径，所有看起来像捷径的选择，大多只是陷阱。你不愿意踏踏实实地努力，生活就会从你身上加倍讨回来。你所荒废的时间，你所虚度的生活，你所放纵的自己，在若干年后的某一个时间点，统统都会作用到你身上：或许成为人到中年却一无所长的女人；或许成为满目疮痍、面目模糊的中年人；或许成为浑噩度日、不知幸福快乐为何物的行尸走肉；或许成为患得患失、毫无安全感的敏感妇人。

看到有些人生活得轻松自在，感慨对方命好，希望与之相齐，这是人之常情，但你没看到的是他们为了这份生活曾经努力到什么程度，所谓的捷径，只是比别人明白得更早而已。

观念不同，结局不同

好几年前，有一次我跟着家人去赴宴，在一个酒店的大厅里，同时有几户人家在办酒席。

当时有个七八岁的小男孩拿着手上的饮料往地上倒，地上全是瓷砖，水倒在上面又湿又滑，那一天有户人家给八十岁的老母亲过寿，陆续有不少老人过来。

我叫住小男孩，笑着跟他交涉："小朋友，饮料倒在地上很容易滑倒的，今天有这么多老爷爷老奶奶，摔伤了就不好了，我们不要这样干好不好？"

小男孩虽然皮了点，但还是可以沟通的，他滴溜溜地转着眼珠子看了我一会儿，点点头说："好吧！我不倒就是了。"

我笑着夸奖他真懂事，真是个好孩子。

这本来是件微不足道的事，结果这孩子的母亲刚好在不远处听到了，她不觉得自己的孩子这样做不妥，反而一脸敌意地看着我，然后对着自己的孩子指桑骂槐道："平时说你你不听，陌生人说你一句，你倒是听话得很，什么时候被人骗走都不知道。"

我对她解释了一遍，今天老人不少，行动不便，地上又湿又滑，摔伤了就不好了。

这女人没好气地白了我一眼，嫌恶地看了看那些老人："这么大年纪了就好好待在家里，出来添什么乱啊！"

我听不下去了："老人也有社交，怎么就不能出来了？"

她哼了一声："出来他们的儿孙就好好看着，别出问题赖到别人身上，要是摔倒了，那得怪他们的儿孙不周到。"

我见她如此蛮不讲理，也有点生气了，加上当时年轻气盛，很不客气地回击道："老人出来儿孙得照看好他们，否则就是儿孙的问题，那孩子出来是不是同样道理？父母就得照看好，否则就是父母的问题。"

估计那女人平时泼辣惯了，见我一个年纪轻轻的女孩子敢教育她，挑衅地说："只要有点脑子的人都知道孩子顽皮，以后你的孩子顽皮，你是掐死他还是扔掉他？"

我被她气笑了，很正经地回答她："如果我的孩子很顽皮，在公共场所这样干，我肯定先护自己的孩子啊！"

那女人嗤笑一声："那不就得了，既然你自己都是这样，你还好意思说别人？"

我一字一顿地告诉她："如果我的孩子不注意公德，首先说明我自己没公德，根本不知道该如何教育孩子，那么我肯定是个跟你差不多的人，所以遇到问题，肯定也是跟你差不多的反应。难道我在教育孩子时很糊涂，一遇到孩子的问题我却立刻英明神武起来了？如果我是个睿智讲理的人，那我根本就不会这样去教育孩子，孩子又怎么可能会出现这种问题？"

对方一时气结，一边说着这么牙尖嘴利小心嫁不出去，一边拎着自己的孩子骂骂咧咧地走了。

这是很多年前的一件事，前几天，我写了一篇文章《永远不要与人性为敌》，里面举了我舅舅舅妈溺爱儿子的例子，评论区收到好几条留言，和多年前的插曲有着异曲同工之处，因为不想让这样的言论继续误导别人，所以我一条都没有放出来。

这些留言的大意是这样的：你舅舅舅妈这样做也是因为太爱孩子了，父母对孩子的爱都是煞费苦心的，也许等你遇到这样的问题，也会像你舅舅舅妈那样做，到时候你就理解了。

我记得其中一位读者的问题是这样的：晚情，我想问你，如果你的孩子这样，你真的会见死不救吗？你狠得下这个心吗？

我回复她：我肯定是倾家荡产救我儿子，帮他还赌债啊，他再怎么犯错也是我儿子啊！

对方狐疑地问我是在说反话吗。我说不是，我肯定会这样做，我是认真的。她说既然你自己也会这样做，那你文章里为何又这样写呢？

我回复了这样一段话：如果我会一路溺爱儿子到他多次欠下赌债跑路，说明我本来就是个败儿的慈母，那么我的反应肯定是慈母的反应，怎么可能撒手不管？而一个能在孩子问题上很有原则很有底线的母亲，是不会一次次纵容孩子，直到他无法回头，所以她不会遇到这样的问题。每一种因，都对应一个果，你是苹果树，会结出苹果，你是梨树，会结出梨子，观念不同，结局不同。

对方说：你的话太深奥了，我需要好好消化一下。我想我的话并不深奥，但也许刺激了她原先固有的观念。

这种观念还体现在一个最普遍的感情问题上，有的男人前科累累，百般欺骗、千般伤害，过后又花言巧语几句，女人就又纠结了，我会劝她们早点离开，不要再伤害自己了。

对方往往会反问：我真的舍不得这份感情，如果你遇到这样的事，你真的能够狠下心来分手吗？

如果我也是当断不断的性格，我肯定会遇到这样的事，我遇到了肯定也是反复纠结，问题是我不是这样的性格啊！

所以姑娘，你的反应只代表和你一样当断不断的那类人，而那些果断干脆的人，早在第一次出现这种问题时，就已经转身离开了，而更大的可能是她们根本不会遇到这种问题，所以这种求同思维本身就不成立。

我们身边，有一类人特别喜欢对你说：等你结婚了就知道了，等你有孩子了就知道了。

我结婚前，很不喜欢那些天天做对方差评师的婚姻，很多人跟我说：等你结婚了就知道了，婚姻就是这样吵吵闹闹，一地鸡毛的。

但是我结婚后，完全不是这么一回事。于是，很多人开始跟我说等你有孩子了怎样怎样。当然，我现在还没孩子，没有办法摆事实，但我身边很多闺密都已经有孩子了。有一位年长的闺密，孩子已经在耶鲁留学了，她从没因为孩子失去过自我，也没因为孩子变得灰头土脸，孩子性格开朗，热情善良，各方面都很出色，而她的优雅随着岁月，更添光彩。

很想对这些人说：结婚的人多了去了，婚姻各种各样，不可能结了婚的人都是一种做法，一种反应；有孩子的也多了去了，有的孩子有礼貌有教养，有的孩子熊得你想一掌把他拍回他妈妈肚子里去，哪有什么固定的模式。人与人之间的观念不同，做法自然不同，结局当然更不可能相同。

因此，这种假设只不过是给自己过不好日子、处理不好问题找借口而已。你要做的不是"针没扎到身上不知道疼，如果她们遇到我的问题，说不定还不如我呢"来安慰自己，而是努力克服自己性格中的弱点，避免将自己推入不幸的旋涡。

这世上，有的是精彩无比的女人，有的是遇到伤害就果断转身的女人，有的是清醒睿智的女人，不是她们更幸运，而是她们的观念更睿智。

轻视你的不是男人，而是你自己

好朋友Y的中医养生会所开张时，我因宣传新书，下午才过去捧场。第一天开张，优惠力度很大，Y点着手中的会员卡申请资料，笑得灿烂："亲爱的，看到这么多女孩子舍得投资自己，我特高兴。"

我笑着白了她一眼："是生意兴隆特高兴吧？"

正说着，一位三十岁左右的女人走进店里，其他店员都在忙着服务客人，Y便亲自迎了上去。

女人的打扮不是很入时，神色中有些拘谨，气色也不是太好，皮肤暗黄无光泽，看着装修一新的店面，有点怯怯地说："我先看看，先看看。"

Y用她天生具有亲和力的笑容消除着女人的紧张："好的，你先随便看看，我们今天第一天开张，优惠力度特别大，第一次是免费体验，如果感觉好，再办会员卡。"

女人不确定地问："真的是完全免费的吗？"

Y点点头，肯定地说："完全免费，如果觉得不好，随时走人，不会收取任何费用。"

这时候有位客人体验完出来，非常满意，很爽快地办了会员卡。这位顾客的夸赞使那个女人决定体验一回，Y安排店员带她进去了。

一个多小时后，女人出来了，刚刚做完面膜的脸白皙水润，气色看起来也好了不少，她站在镜子前看着，有点惊讶，更多的是欣喜和满足。

店员在旁边说："您看，是不是和做之前有很大不同？女人一定要保养自己，不然老得很快，青春是多少钱都买不来的。"

她点点头，又有些不确定地问："看起来真的好多了是吧？"

Y走了过去，笑着说："您对我们的服务还满意吗？"

女人赶紧点点头说满意满意，看得出来，这是一个很善良的女人，性格温顺，内向胆小。

Y再问她："那您需要办会员卡吗？"

女人犹豫了一会儿，小声说："如果太贵我就办不起。"Y叫店员带女人去看价格，发现这位顾客正好是店里第88位客人，于是，Y给了她一个史无前例的优惠，3万多的年卡优惠后8800元，再送一整套护肤品。

女人很心动，看得出来对这次的服务非常满意，她纠结了一会儿，终于决定办张年卡。

办完卡后，她似乎松了一口气，又似乎为自己这个决定自豪，然后她开玩笑道："是要对自己好一点了。"

第二天下午，我正在午睡，Y打电话给我，电话里她无比郁闷。

原来，就在刚才，头天办卡的女人被她老公押着过来退钱，我知道Y肯定不是因为失去这个客户而郁闷，这一单她几乎没有利润，但是Y比较迷信，被她视为吉祥数字的88黄了，她心里硌硬。

电话里，Y告诉我，男人押着女人来退钱时，一脸寒霜，嘴里的话令任何女人听了都会羞愧到想去死，他当着所有人的面说自己的老婆："就你那张脸，涂大宝都浪费，配用这么贵的东西吗？"然后喋喋不休地指责女人办卡这种行为没有自知之明，根本不配享受这些。

在这中间，女人就这样听着老公侮辱自己，眼里含着泪，却不敢吭一声。

Y受不了这种场景，赶紧表示可以退，女人弱弱地说："那套护肤品已经用过了，怎么办？"这时候，男人又开始羞辱她："就你这张脸，涂得再白都不会有人看，搞不清楚自己几斤几两。"

Y 赶紧把钱退给了他们，把这对夫妻送出了门，然后给我打电话，她说实在想不明白为什么会有女人过得如此没尊严没地位。

前几天，后台也有位读者跟我倾诉过类似的问题，她老公对她比 Y 的美容院里押着自己老婆退钱的那个男人有过之而无不及，天天喝酒打游戏，一有不顺心的事就打她出气，家里靠她在超市做收银员勉强维持生计，她问我要怎样改变自己的处境，提高自己的地位。

这样的倾诉听多了，我不禁在思考一个问题，我相信这些男人绝不可能从一开始就对她们如此之差，否则再傻的女人，也不可能去嫁给这样的男人。之所以会选择他作为自己的老公，必定在最初的日子里还是有过温暖的，起码在恋爱或者新婚的时候，不会如此过分。

男人对女人的不好，从来不是一蹴而就的，而是一个渐变的过程。以家暴为例，大多数女人遭遇家暴都在婚后，恋爱时遭遇的相对来说少得多。大多数过程都是这样的：起初，因为一件小事推了女人一把，女人惊愕、哭闹，男人道歉，保证没有下次，大多数女人都会选择和好，很少果断采取措施的；下一次男人因为一件小事打了女人一耳光，女人大哭，质问男人说话不算数，这时候男人估计还是会道歉继续保证，女人委委屈屈地继续和好；而此后再有矛盾，可能不仅仅是一巴掌了，往往是暴打一顿，男人道歉求饶的姿态也不会再像第一次，而女人由于已经挨过几次打，反而更容易原谅男人，这就是人性的奇妙之处。

从人性的一般规律而言，当一个人第一次欺负另一个人时，他心里也是忐忑没底的，他会观察对方的反应，试探对方的底线，如果对方在第一次就立刻以强硬的姿态反抗这种行为，很大程度上，他便不敢太过分；但对方若表现得很没骨气没尊严，那么，他的行为很快就会变本加厉。

可是很多女人不了解这个过程和规律，大多数女人在第一次总是轻易地选择原谅，殊不知这一次很可能就奠定了往后多年相处的基调。偶尔，女人也会想着绝地反击，就如美容院里的那个女人，可是很快就会被镇压下去，因为她已经失去了最好的时机，又缺乏必要的勇气。

给大家讲个故事：有一对夫妻，婚后有一次，男人动手打了女人，女人非常惊讶，但没有吭声。没过多久，男人又动手打了女人，女人什么话都没说，默默走到厨房，拿起菜刀就朝男人砍了过去，男人吓得赶紧夺门而逃，女人足足追了他几条街才罢手。从那以后，这男人再也没敢动过老婆一根手指头，居然改掉了家暴的毛病，变得温文尔雅起来。

很想告诉那些不幸的女人：当你用你的遭遇刷新我的下限，问我该怎么办时，其实你应该问问自己，他是如何一步步不把你当一回事的，而你在这一过程中又是如何配合的，他对你所有的轻贱和伤害，只有你允许才能继续，如果你不配合，他最多只能伤害你一次。

肯定会有女人说：我是珍惜这份感情啊！亲爱的，我不得不告诉你：所有的感情必须双方珍惜才有意义，否则，看在对方眼里，你不是珍惜，而是犯贱。

有一句话说得很好：人必自轻而后人轻之，人必自辱而后人辱之。从来没有听说过一个独立、自尊、自爱的女人被男人一路欺负到无路可走的地步。

感情中最伤人的态度是这种

朋友小A哭天抹泪地来找我，说这下完了，男朋友死活要跟她分手，已经两天没接她的电话了，我以为这家伙又遇到渣男了，因为她上一个男朋友就无比渣。

但当我听完所有经过，我突然想起一句很流行的话：不作死，就不会死。

小A的男朋友要跟她分手的原因不复杂，因为小A背着他去见了前男友，而且居然借给对方一万块钱，这事搁谁身上都能气个半死，男朋友盛怒之下要分手，也可以理解。

我看着眼前哭花了脸的小A，有点恨铁不成钢，忍耐了好久才没把"活该"两个字说出口："你能告诉我，你为什么要去见你那垃圾前男友吗？你有什么非见不可的理由吗？"

小A抽抽噎噎地说："我也不知道啊，他一直找我，说最近工作丢了，朋友借的钱也不还给他，他妈妈又生病了，我一时心软，毕竟他是我的初恋嘛，我看他这么落魄，我就……"

我几乎想破口大骂："你们已经分手了，而且分手的理由是他劈腿，而且还吞了你几万块钱，他工作丢了那是他自己的缘故，当你们分手的那一刻，他的一切都跟你没关系了，他妈妈生病，他家没有其他亲戚朋友了，要找已经分手一年多的前女友？如果他所有亲戚朋友都不肯帮他，那就更加说明他平时的人品有问题。"

小A讷讷地说："你说得有道理，你骂我打我，我都没怨言，但你一定要帮我啊！"

据小A说，自从她把钱借给前男友后，对方就不时地给她打电话发消息，然后，就被现任男朋友知道了。

我问她："你对前男友还有没有感情？"小A指天誓日地保证早就没有感情，只是看他可怜而已，说完她又对男朋友的反应表示不满，认为他太小题大做了。

我白了她一眼，反问她如果对方去见了前女友，并且还给她钱，你会觉得这是小事一桩吗？你会不会认为对方对其余情未了？

小A想了一会儿，总算回过神来，问我她男朋友还会不会原谅她，我说："如果你能正视这个问题，并且改掉优柔寡断的毛病，也许还有机会，但如果你还是继续当断不断，就算这次不分，迟早也还是得分手。"

小A点点头，表示知道了，我看着她远去的背影，忍不住叹了一口气。

　　我的平台里咨询者以姑娘居多，但前几天有位小伙子在后台给我留言，他说遇到情感问题了。

　　小伙子研究生毕业时已经27岁了，家在小地方，那里的人一般25岁左右就结婚了，所以父母很着急他的婚姻，就在当地给他找了个本地姑娘，姑娘本分善良，是父母眼中的好儿媳人选，他并不讨厌姑娘，但也谈不上喜欢，可是不想父母着急上火，就不冷不热地交往着。

　　后来由于学历不错，有了去省会城市工作的机会，在那里他遇到了真正心仪的姑娘，是那种令他一见倾心、很想娶对方为妻的感觉。

　　于是，他很为难，他觉得父母介绍的那位姑娘虽然并不是他真正喜欢的，可是对方生性善良，又是父母非常喜欢的，如果开口拒绝，会伤了姑娘的心，也会令父母难过，问我该怎么办才能使得人人满意。

　　我只回复了一句：世间安得双全法，不负如来不负卿？

　　有时候，我实在挺不理解这些人的，看起来似乎挺善良，但是随便想也能想到接下来的故事走向：因为害怕本地姑娘伤心，所以迟迟不开口，本地姑娘不知道对方另有所爱，一直奔着结婚去的，然后越陷越深。

　　而这小伙子周旋在两个女人之间，只要对方不傻，很快就会发现蛛丝马迹，先不提本地姑娘，因为小伙子本来对她就不是很热情，所以差别不大。但心仪的姑娘不同，只要她不是太迟钝，很快就会感觉到对方有事瞒着自己，一个有秘密的人表现出来的状态和一个内心坦荡的人是完全不一样的。

当她知道时会是什么样的反应，完全视对方的性格而定，但肯定不会感觉很愉快，也许她会觉得对方存心欺骗，也许觉得对方想坐享齐人之福。

优柔寡断的人最有可能采取的一种方式是：赶紧表明心迹，我只爱你一个，我根本不爱她，我会跟她说清楚的。

好吧！对方相信了他，但是他什么时候会说清楚，还真的不好说，等拖到最后，大概是一方被拖到不耐烦而远离，一方终于知道真相而伤心，对于当事人而言，就是场面早已失控。

但是，他很委屈很无辜：我只是不想伤害任何人啊，难道这也有错吗？

我的朋友X曾经是个优柔寡断的男人，在老妈与老婆矛盾激烈时，一直采取鸵鸟政策，不肯面对这个问题，最终导致了离婚。

时隔两年，他再婚了，前妻很是不忿，经常以孩子的名义找他要钱要物，不断打扰他的新生活，因为前妻太了解他优柔寡断的性格了。

但是这一次，他就跟换了一个人似的，当前妻提出非分的经济要求时，他果断拒绝，他说："离婚时我把两套住房都给了你，所有存款都留给了你和孩子，每年还付给你20万的抚养费，以后凡是让我多给钱的要求你就免开尊口，因为我绝不可能答应你的。"

前妻暴跳如雷，对他破口大骂，他完全无视。最后，前妻累了，也懒得再纠缠他，一年后，也再婚了，过上了平静的日子。

我们都说，怎么突然变了个人啊？他感叹地说："以前就是太优柔寡断，才把生活搞得乌七八糟，这一次我要是再不干脆果断，那么我的生活又会回到过去，以前总想着谁也不伤害，结果谁都伤害了，总想着把问题拖过去，结果问题越来越大。"

这世上最伤人的，不是冷酷拒绝，也不是一渣到底，而是模棱两可、优柔寡断，它能生生把一个人逼疯。优柔寡断的人，从不会狠心拒绝一个人，但他对所有人都这样，如果身边的人受不了逼他做出选择，他还会怪对方不理解他，不包容他，一脸的苦衷和无辜。

他们自有一套价值体系：觉得不做出选择、不表明态度，那就谁也不伤害，看我多善良、多有情有义啊！

但实际上这背后的真相是：这些人比谁都无能，比谁都懦弱，比谁都贪心，比谁都幼稚。

一个人在一件事上，不知道如何表明自己的立场和选择，不具备解决问题的能力，这是无能；不敢做出自己的选择，生怕得罪哪一方，这是懦弱；而这些表现背后的真实原因是他们的贪心和幼稚，表面上看起来他不忍心伤害任何一个人，实际上他想要的局面就是人人都觉得他有情有义，他不能接受任何一方对他不满，所以采用"拖"字诀，希望时间能让他希望的皆大欢喜的局面出现，但最后往往把小问题拖成大问题，不可谓不幼稚。

很想告诉这些优柔寡断的人：真正的有情有义，不是隐瞒真相，也不是无限期地拖，而是勇敢面对，积极解决，给自己一份坦坦荡荡，给对方一个真实答案，守好自己一心追求的幸福，放开自己不想负担的人，给对方一个重新追寻幸福的可能，远比一拖再拖、避重就轻来得令人尊敬。

还想告诉这些人：当你遇到问题时，勇敢面对、积极解决的结果一定比你拖泥带水、当断不断要来得圆满很多。在问题初现时，不去回避，而是正视它，这时候解决要付出的代价，远远比问题扩大甚至恶化时要付出的代价小得多。

如果你不肯付出小小的代价，那么你一定会付出重重的代价。

女人千万别自苦

几年前朋友小C终于怀孕了，这对于结婚四年、一心盼望孩子的夫妻而言，无疑是天大的喜讯，小C第一时间在朋友圈里发布了这个消息，照片里的她笑容满面，幸福满满。

我也为她高兴，这几年来，孩子成了小C的痛点，只要听到谁怀孕了，谁生了孩子，她都会失落好久，如今终于得偿所愿。我想，她所有的失落与焦虑，都会随着孩子的到来而消失了。

小C怀孕后就把工作辞了，安心养胎，她老公是外企高管，年收入过百万，养她和孩子绰绰有余。在外人眼里，小C的日子简直幸福到美满。

可是没过多久，她就发微信给我，言语中早已没有怀孕的喜悦，而是满满的失落。

她说自从辞职待在家里以后，时间突然多了起来，每天不知道干什么，觉得自己好可怜，怀孕了老公也不在身边照顾，一个星期只有周末能回来，这日子，过得实在委屈。

起初，我以为她骤然在家，一时不适应而已，过段时间就会好的。但小C的状态却越来越差，每天都自怨自艾，觉得自己绝对是全天下最悲惨的孕妇了。

我努力开解她，叫她多往好的地方想想，虽然老公在相邻城市工作，可是比起那些一两个月都不能见一次面的夫妻，已经好太多了，何况，就算两人待在一个城市，白天对方也是要上班的，不可能整天待在家里陪着。而且两人的经济条件较好，比起那些没有底子、毫无依靠的人而言，已经很令人羡慕了。

小C说道理她都明白，可是分隔在两个城市还是不一样的，如果在一个城市，起码晚上就会回家。

我说，那要不去跟他沟通一下，看看能不能为了你和孩子，在本市找个工作？

小C想也不想地反对，理由是她老公现在的职位和薪水都非常不错，而且还有很大的发展空间，未来前途不可限量，如果这会儿离开，前面十年的打拼就全部白费了，何况要在本市找到与现在职位和薪水差不多的公司，几乎不太可能。这个风险太大了，孩子出生后，各种支出会剧增，自己又不工作了，老公的事业是绝对不能出任何问题的。

我说既然他不能回来，你郁闷也没用，不如找个金牌保姆照顾你，每天吃好睡好，把自己养得白白胖胖的，你老公回来看着也赏心悦目。

但小C的思维显然和我不在一个频道上，她总觉得自己怀孕很辛苦，老公又不在身边，太可怜了。这种情绪，让她对新生命的降临完全失去了之前的期待和喜悦。

我没有生过孩子，不好贸然评价孕妇的情绪，只能不断鼓励她，告诉她只要挺过这大半年就好了，等孩子出生后，各种事情一来，哪还有时间伤春悲秋。

那段时间，小C辛苦，我比她更辛苦，我每天要接受她一日比一日更重的负能量，然后努力不受影响，其间她老公找过我一次，希望我能多开导小C。

好在这个阶段不长，当孩子呱呱坠地后，大家都松了一口气。小女孩粉雕玉琢，非常可爱，小C也非常高兴，抱着女儿亲个没完。

我本以为有了女儿后，小C会过得忙碌而充实，但好景不长，孩子刚刚满月，她就找我诉苦，说有了孩子后，心情好压抑，每天都很焦虑，我问她焦虑什么。

她说养个孩子太操心了，万一孩子以后不争气怎么办？万一以后让父母操碎了心怎么办？我哑然失笑，孩子才多大啊，现在就操心这些事，不觉得太早了吗？

小C很认真地告诉我，她以前的同事孩子还没出生就已经买好了学区房，才两岁就给孩子买了各种教育基金，甚至已经在收集各种教育资源了。

我怀疑小C是不是得了产后抑郁症，建议她老公带她去看看，但结果并非如此。

直到有一次，我见到了小C的母亲，才明白小C的问题出在哪里。小C的母亲有一种能力，就是在最美好的事情中，总能找出完全相反的一面，然后开始焦虑、担忧。小C和现在的老公结婚，老公无论能力和品行都不错，大家都羡慕小C，很多母亲看女儿找了个优秀的女婿，都会非常高兴。可小C的母亲不是，她坚持认为条件这么好的男人，肯定特别招女人喜欢，未来有无数出轨的机会，嫁给这样的老公简直就是嫁给了不定时炸弹，还不如找个条件普通点的更安心。小C有了可爱的女儿原本非常高兴，但她母亲忧心忡忡地说："你婆婆家会不会不高兴啊？他们对孙子和孙女会一视同仁吗？"

小C本来情绪就不稳定，听她母亲一说，喜悦之情立刻打了折扣。更有甚者，在小C没有孩子时，她母亲为此忧心忡忡，生怕女婿变心，如今有了孩子后，她母亲更忧心忡忡，生怕女婿变心，女儿拖着孩子，日子会无比凄惨。而她母亲担心的所有事情，目前连个影子都没有。

这世上有一种女人：她们的生活并不悲惨，但她们总能在自己的生活里挖掘出不好的一面，加以放大，让原本不错的日子，变得凄风苦雨。她们向身边的人展示的永远都是阴暗消极的一面。即使很多时候，她们的生活在旁人眼里是值得羡慕的，她们也有能力把它过得悲苦无比，在她们的世界里，从来没有开心和满意，有的只是无穷无尽的难受、失落、委屈，她们失去了令自己快乐的能力，即使拥有绝世珍宝，也会时时处于被盗的担忧中。

还有一种女人，也许她们的生活在别人眼里是那么的艰辛劳累，可是在她们身上从来看不到愁眉苦脸的那一面，无论境况多艰难，生活多困苦，她们脸上永远是热情洋溢的笑容，似乎从来没有什么不顺心的事。

我们中的大多数人，都是平凡而又普通的，都有着无法避免的喜怒哀乐，但是，有的人活成了愁苦的模样，有的人却活成了幸福的模样。决定这两者的，并不是本身的环境，而是一个人的心态。

有很多女人，明明拥有令人羡慕的爱情，但她们表现出来的并非幸福，而是患得患失的忧虑，天天想证明对方有没有变心，爱自己有几分。亲爱的，若他真的要变心，你怎么证明都没用，为何不好好享受当下相处的点点滴滴呢？当你们现在相处好了，未来才有无限可能。

有很多女人，明明拥有可爱的孩子，却对孩子某一方面的薄弱耿耿于怀，一心希望自己的孩子能够超越任何人。亲爱的，孩子有孩子的人生之路，你只要好好陪伴就好，何必给他给自己这么大的压力呢？

人生苦短，苦是一天，乐也是一天，如果你没有令自己快乐的能力，那么谁都无法给你一个幸福的人生。

走得再远，都别忘了出发的目的

晚上先生有会，独自用完晚餐后我打算先听会儿音乐再写作。正当我在音乐中冥想时，手机不合时宜地响了起来。

是闺密C打过来的，刚接起，她的声音闷闷地传来："亲爱的，我刚做了一个重大决定，现在心里很沉重，你出来陪我走走好吗？"

联想起前段时间她跟我倾诉过最近家里人对她意见很大，觉得她一门心思都扑在自己的事业上，完全不陪伴家人，亲情和婚姻都已经亮起了红灯。

什么重大的决定？我脑海中闪过一个不好的猜想，问她现在在哪里。

她说她就在我家小区门口，想跟我说说话。

我叫她等我十分钟，赶紧换了衣服下去找她。

C坐在车里，脸埋在方向盘上，一副疲惫不堪的样子，我敲敲车窗，她抬起头看看我。

在夜灯的照耀下，C显得特别柔弱，和平常女强人的形象完全不同。

她下了车，我陪着她在我平时散步的小道上走着。

"你做了什么决定？"我忍不住先开了口。

C叹了口气说："我把上海、南京的两家分公司关了。努力了好几年，刚刚步入正轨，心里很舍不得。"

我知道她在这两家分公司上倾注了多少心血，如今关了，我也替她心疼，可同时也松了口气。

C和我一样，出生于一个特别普通的家庭，没有任何背景，也没有什么人脉，有的就是不愿将就的一颗心和无比努力的生活态度。

毕业后，她凭着在学校的出色表现，一路过五关、斩六将，进入世界500强工作，并且创造了最短时间里转正、升职的纪录，成为最年轻的经理。

C的事业如日中天，加上年轻漂亮能干，追求者甚众，有出手阔绰的富二代，有外表出色的青年才俊，还有公司里不少同事，然而，她却独独看上了现在的老公，一个刚刚跳出农村的穷小伙子，很多人不解，也有很多人劝说，但她非常坚定，说就是看中了对方的朴实忠厚，希望和这样的男人过一辈子。

C义无反顾地嫁给了这个男人，果然，婚后老公对C极尽疼爱，两个人都是从底层摸爬滚打上来的，更能相互理解支持，一门心思只想把日子过好。

由于两人都没什么家底，结婚又花了不少钱，C比之前更加努力，希望尽快能拥有属于自己的房子、车子。

可是因为拒绝了公司里的很多追求者，有些人见她最终嫁了一个其貌不扬、毫无优势的男人，心里都很不服气，没少在工作上给她使绊子。

工作环境不舒心，C开始考虑其他出路，在世界500强上班时，她一直以负责、认真著称，和很多客户建立了良好的关系。其中有位女老总特别欣赏她的工作态度，知道她有单干的想法，二话不说就借给她二百万，并且积极给她介绍各种人脉。

有了女老总的支持，C单干的念头更强烈了，老公知道她在公司干得不开心，也赞成她辞职，此时，老公的工作也有了些许的提升。

C很快辞了职，决定开一个装潢公司，她在学校里学的是设计，女人天生对家对房子就有感情，她相信一定会干得比男人更好。

凝聚着C无数心血和期望的公司很快就开张了，原本的想象是：将自己的理念分享给大家以后，加上自己的认真负责，很快就会取得客户的信任，订单会像雪片一样飞来。然而，理想是丰满的，现实是骨感的，实际情况是：公司开张一个月以来，一共接到一个单子，而且还是熟人友情支持的。

那段时间，C焦虑又憔悴，每天一睁眼的第一件事就是今天的房租、水电、人工又要支出多少钱。

为了接到活，C豁出去了，厚着脸皮到处询问有没有人要装修的，最后，还是那个女老总帮她介绍了一个小楼盘，装修成单身公寓的风格。

对于这个"大单"，C用尽了所有的心思，天天都泡在工地，对每一个环节和每一种材料都亲自过问、亲自督工，最后对方来验收时，非常惊讶，不敢相信地说这质量比一般人家自己家装修还好啊！

由于这一单的超预期满意，对方又把另一个楼盘的装修给了C。自此，公司的局面才渐渐打开，装修是个良心活，也是个口碑生意。C工作以来一直是和国外客户打交道，契约精神、时间观念、质量乃至生命这些观念都深植心中，慢慢积累了一些忠实客户。

与此同时，C的家庭生活也得到了极大的改善，给公婆在老家重修了房子，还买了商品房，给自家换了大房子，所有曾经定下的目标皆一一实现。她是老公的骄傲，孩子的偶像，一切都非常美好，老公支持她的事业，孩子听话懂事，所有女人想要的一切，她都拥有了。

生活的顺遂，让她可以更加专心于事业。

由于口碑极好，周边城市的客户也慕名而来，接待得多了，C

就在客户最密集的周边城市成立了新公司。

但C变得越来越忙，经常没日没夜地工作，老公和孩子想跟她吃一顿饭，都变成了奢望，当她回去时，老公已经照顾孩子睡了，早上老公送孩子上学时，她累得还没睡醒。

生日前夕，她问孩子要什么礼物，孩子天真地说："妈妈，我什么礼物都不要，我只想你专心陪我和爸爸一天，可以吗？"

那一刻，C很内疚，很认真地答应了，可结果工地出了点事，她要立刻赶去处理。晚上回到家时，老公告诉她，孩子一整天都闷闷不乐，已经睡下了。那一天，老公正式跟她商谈，问她能不能抽出一点时间给家里，现在家里的生活已经够好了，并且已经在美国买了养老的房子，是时候停下来歇一歇了。

可此时，C在上海和南京的新公司都筹备得差不多了，怎肯放弃呢？她向老公保证，一定会尽量多抽时间陪家人的。

只是人一旦忙起来，哪还顾得上这些承诺，两家新公司几乎占去了她全部空余时间，以前不管忙到多晚，起码家就在不远处，但现在需要时时出差，经常整个星期都在外面。

夫妻间的感情迅速冷了下来，两人经常几天不见面，也没有通电话，她心知这样下去婚姻迟早会出现问题，但却停不下来，欣慰的是经过两年努力，两家新公司都走上了轨道。

但不久前，老公跟她谈话，很直接地提出："你到底想要事业还是要这个家，这样下去我们迟早会离婚，我有老婆等于没老婆，孩子有妈等于没妈，你有多久没陪过他了？"

这一次，老公是认真的，他支持她的事业，替她尽母职，一做多年，如今，已经到了承受的极限。

一边是如日中天的事业，一边是老公孩子，哪边她都舍不得，迟迟不愿意做出决定。

我问她："最后，是什么促使你做了这个决定呢？"

她说那天正好看到一个故事，一个年轻人有去上海工作的机会，但需离开太太和孩子，太太和孩子很舍不得他，他也很纠结，问他的导师该怎么选择。导师问他你去上海工作的初衷是什么呢。他说为了给家人更好的生活。导师说他们想要的生活是一家团聚的生活，你一走，他们当下就不快乐了，你去赚更多的钱又有何意义呢？年轻人恍然大悟，放弃了这个机会，决定陪伴在太太和孩子身边。

那天下午她想了很久，当初创业的初衷历历在目，希望一家人过得很好，可是如今老公失落、孩子疏离，这真是自己想要的吗？如果最后公司做大，最在乎的人已经不在身边，这一切还有意义吗？

于是，她决定放弃两家新公司，专心把原来的公司经营好，一家人快乐地生活在一起。只是放弃这么多的心血，心里一时还是很难过。

我拍拍她，安慰她人生有得必有失。

我们不断追求更好的自我，是为了让自己更优秀，也是为了有能力让身边的人过得更好，可如果在追求自我和梦想的路上，忽略了原本最重要的人和事，即使有一天，我们成功了，却发现身边已经无人可伴，那种高处不胜寒的滋味，才是真正的孤独，足以抹杀一切努力的意义。

我和C并肩走在回家的路上，看着身边一盏盏路灯，温柔地照耀着每一个夜归人，两个人的身影被灯光拉得很长，远处是一个住宅小区，灯光错落有致。

我握紧她的手，指指那些灯光："想想那些等候我们回去的家人，如果我们成功时，已经没人牵挂我们，也许我们会更伤感。"

C点点头，我们慢慢地走着，这条路很长，可是它通向家的方向，我们从那里出来，又将回到那里去，因为那里是我们出发的初衷。

人生就好比是一条路，无论我们走得多远，都不要忘记了出发的目的。

你最大的问题：付出时根本没想过会输

　　前段时间，朋友A和我聊天时无意中提起她朋友要跟她借30万。这是她全部的积蓄，我问她有借条吗。她说没有，我说你还是让对方给你打张借条吧！A不愿意，她说我们认识很多年了，关系一直很好，他肯定会还我的，朋友之间打借条太没人情味了。我说，那你的利益怎么保障呢？她有点不高兴，觉得我怀疑了她朋友的人品，很坚决地说对方绝对不会有问题的。话说到这份儿上，我也没继续了，再说下去就有点挑拨离间了。

　　但昨天，她疯了一样地找我，说那钱拿不回来了，对方说没借过。她反反复复说：我真后悔没听你的话，我真后悔没听你的话。她问我还有没有办法拿回来。

　　我了解了一下，她是通过银行转账的，可是没有借条，人家有无数种理由来否认这钱是向她借的。看着她的样子，我很同情，却无能为力。

说这件事，并不是想证明我是多么未卜先知、洞若观火，只是觉得人们都太相信自己的判断，并且这个判断永远都是偏向于美好的结果，可事实却经常相反。大概人性中都有只愿接受美好的结局，本能地排斥不好的结果那一面吧！但生活却不会因为你排斥就让坏结果永远不出现。而且很多人都忽略了一点，那就是：真正在意你的人会主动保障你的权益。如果有一天，我周转不灵，闺密死党愿意无条件帮我，她们也许不需要我的任何保证，但是我一定会主动写借条给她们，但凡默认你的付出，明显占据有利那一边的，很有可能会让你追悔莫及。

我曾经遇到过两个姑娘求助。

A姑娘毕业后和男朋友一起创业，两人各从家里拿了些钱作为前期启动资金，两人能力不错，公司开起来后很快就盈利了，五年之后，公司发展到一定规模，可两人在经营公司时经常意见不一，矛盾越来越大，勉强撑到第六年，感情终于走到了尽头，彼此认为既然感情不在了，那就分手吧！

A姑娘提出，当初开公司时，两人拿出的钱基本等同，现在即将分手，那公司就按4：6分吧，她提出自己只要40%就可以了，本来以为自己主动让利，男朋友应该会欣然接受。没想到对方不但不接受，还提出了十分无耻的要求：把她当初出的15万还给她，但公司和她没有关系。A姑娘当然不接受，可是当初成立公司时，法定代表人不是自己，也没有任何有效证据能证明自己同时拥有公司。

所以男朋友有恃无恐，最后给了她20万，算是连本带利还给她了。

对于这个结果，A姑娘当然不愿接受，她跟我说时，我问她当初为什么不把出资比例写清楚呢。A姑娘说，当时哪想到他会是这种人啊！再说了，当时正在热恋，哪好意思斤斤计较，万一影响了感情不是得不偿失吗？

B姑娘的故事也差不多，她原本在一家前景不错、工资待遇也很好的公司上班，结婚后为了带孩子，就把工作辞了，可是现在老公嫌她和社会脱节，不想和她继续过下去了。她如遭雷击，想到结婚以后，为了他把那么好的工作辞了，为了支持他的事业，每天把家务孩子全包了，不让他操一点心，结果他却这样回报她。

她说如果没有孩子，她一定会和他同归于尽，但现在就算不同归于尽，她也绝对不会让他好过。

看着她因愤怒而扭曲的脸，我突然觉得有些悲哀。我理解她的愤怒和不甘，更理解她内心的恐惧，这么多年以来，这个男人和家是她的全世界，她倾尽所有去付出，失去了婚姻，对她而言就是输了全世界，所以她愤怒、恐慌。

因为在付出之前，她从来没有任何危机，觉得在一起了就是永远，永远不会分手，永远不会离婚。我想，很多姑娘开始一段恋情时从来不会去想这些问题，她们抱着美好的心愿，期待一段永不分手的感情，所以在付出的时候毫无危机感，进而付出自己的全部，甚至完全超出了自己的能力。她们坚信所有的付出都是值得的，而且不应该计较。正因为她们从没想过一段感情会走向分道扬镳，所有付出会有去无回，所以当这个结果出现时特别难以接受，认为是对方背叛了自己，认为自己受了愚弄。这时候，以前的没关系都成了有关系，不计较都成了分厘必争。

可是，如果每段感情都会永恒，那么多分手的男女，那么高的离婚率又是从何而来呢？所以，提前从最坏结果考虑，是睿智的表现。

大概是因为我国是礼仪之邦，特别喜欢讲人情，提前立遗嘱被认为是不吉利的，每个人都大方地表示：这些都无所谓，签个财产协议太无情了，谈钱多伤感情啊！合作干一件事，双方谁都羞于提出签个合同，觉得朋友之间计较这些，太俗气了。可是结果往往是撕破了脸，闹得满城风雨，甚至对簿公堂。

在很早之前，我提出和先生签一个财产协议。朋友知道后，立刻骂我疯了，好端端地签这玩意干吗？朋友的理由是：那些有感情问题的人才会签这个，你们又不可能离婚，签这个既多余，又影响感情。

朋友问我，是不是对男人特没信心。但我认为，这不是对男人没信心，而是对自己有信心。婚姻哪有百分之百白头偕老的？他不喜欢我了，认为和我过日子太痛苦了，完全可以提出离婚。

这不算背叛我，也不算对不起我，因为我同样有权利提出离婚啊，他有的权利，我一样有，很公平啊！这又不是古代，只有男人可以休妻，女人不可以休夫。

也许会有人嗤之以鼻：那是因为你根本没遇到，等你遭遇了，看你还能不能说这话。这使我想起前段时间扎克伯格夫妇捐了450亿美元的事，很多人也不理解啊，认为他们是不是疯了，是不是作秀啊？居然把自己99%的财产捐出来。但他们就是这么做了，所谓的不理解，只是因为自己的观念里不会这样做，所以认为别人也不可能这样做而已。

当然，感情这种东西没法签协议，即使结了婚，依然可以离婚。所以，当你开始付出时，问一下自己：如果最后分手了，我输不输得起？

但很多人都没这个意识，其实事先有这种思想准备，是感情中最好的状态。如果你输得起，可以尽情地去付出，你不会想着我付出了多少，对方必须回报我多少；你不会在大脑里储存一个计算器，自动计算出谁欠了谁；你更不会在结果不如意时，如一个输不起的赌徒一样，睁着血红的眼睛，恨不得把对方生吞活剥了。

投资可能会赔本，恋爱可能会分手。认识到这一点，你才会把握好自己的生活，不会去做超出自己实际能力的事，不会将自己的人生寄托在别人身上，这样彼此都轻松多了。在这样的情况下，所有的事才会朝着最好的方向发展。因为，你是个输得起的人。

感情里，每个人都应该给自己做个评估：我输得起吗？

如果离开了这个男人，你的生活品质不会下降，离开了这个男人，你的精神世界依然丰富，那么你才能谈一场美妙绝伦的恋爱，因为你不会把自己输了。

没主见的姑娘，基本都过不好

最近我很想把我的手机扔了。

每天早上，我还在床上迷迷糊糊地睡着，手机里就会进来微信，如果我没有及时回复，又会连续进来几条，如果还是没有回复，电话很快就会追过来。

我构思好一篇文章，刚坐下写了个开头，微信提示音就开始响了，如果我正好关了微信提示音，不用五分钟，电话一定会响起。

晚上接近十二点，我已经睡下，刚刚有了睡意，手机就开始响，如果没有接，第二天早上我会收到几十条留言。

就我所知，一般欠钱不还才有这种"待遇"，上天入地、掘地三尺也要把对方给找出来。但我不是，你可能以为既然找得这么急，肯定有天大的事找你。

但我收到的消息往往是这样的："亲爱的，这是他发给我的消息，你说他这句话是什么意思啊？你帮我分析一下。""亲爱的，你说这个消息我怎么回比较好啊？""亲爱的，在吗？他还没回我消息，你说他在忙还是故意不回的？""亲爱的，他马上就生日了，你说我送钱包他会喜欢吗？"甚至是："亲爱的，你帮我看一下，这个消息里，我是用问号比较好还是用感叹号比较好啊？"

她是我的一个朋友，自从她谈恋爱后，我的灾难就开始了，我要充当随时随地出谋划策的爱情顾问，我要充当解答她各种感情问题的算命先生，我还要充当随时随地进行安慰的精神按摩师。

我委婉地提醒过她几次，偶尔向别人请教一些感情问题可以，但跟他谈恋爱的是你，他的性格和喜好你最了解，你要自己去思考和解决感情中遇到的问题。

但她从来就听不进去，每次都撒娇说："哎呀，我不懂嘛！你就帮帮我嘛！"

所以，她一如既往地用手机轰炸我，最后我忍无可忍地吼道："姐姐，是你跟他谈恋爱，不是我跟他谈，他是什么样的人，你应该比我清楚，难道你一辈子都要别人帮你解决问题吗？你是成年人，独立思考是你必备的生活技能。"

你身边一定不乏这样的人：她们基本没什么主见，性格脾气都不错，习惯点头附和，很少会去跟别人争论什么，但一遇到事情就慌乱无措，满世界求助身边的人，如果身边没人可以帮她们解决，立刻上各大论坛发问求助，或者去买那些具有指导作用的书。可是却经常看到截然不同的两种观点，觉得说得都很对，可就是不能解决生活中的问题。于是就得出一个结论：书里都是骗人的！

其实，书还真的没骗人，只是没有一种方法可以解决所有问题，也没有一种理念适用所有人。就像前段时间，很多人叫嚣着心灵鸡汤看多了，人都变蠢了。心灵鸡汤不会使人变蠢，缺乏独立思考能力，不加辨别就拿来当作人生信条，才会使人越来越蠢。

前几天，一位姑娘问我：马上就要结婚了，要进入另一个完全陌生的家族，不知道该怎么对待老公的家里人，想对他们好一点，又担心给人家留下软弱可欺的印象，以后生活得不幸福；想表现得强势一点，又怕把关系处坏了，真纠结啊！

这些问题都让我觉得，现在的成年人，独立思考能力真是欠缺啊！就好比这个问题，纠结得完全没有必要。该怎么对待老公的家里人，这哪有什么固定的模式呢？用什么样的方式去对待老公的家里人，根据他们的性格脾气来嘛，有啥好纠结的？

具备独立思考能力的人肯定会这样做：先去了解对方的为人，如果对方是那种通情达理、进退有度的人，自然应该表现得客客气气、温和有礼；如果对方是那种得寸进尺、欺软怕硬的人，当然就要表现得凛然不可欺。

也有人问：到底要不要去管老公呢？管了怕对方不高兴，不管又怕失去控制，好为难啊！其实管不管完全取决于你对这个人的了解程度。如果人家本来就是个非常自律、心怀大志的人，你却乱管一气，最后把好好的感情弄得乌烟瘴气，所以这样的男人根本不用管；如果对方是个给点自由就惹是生非的家伙，一天不管就像脱缰的野马，你再放任自由，那不是去祸害别人吗？

后台经常有姑娘跟我哭诉："看了很久你的文章，觉得好有道理啊，你说女人要独立，做人要善良，我照你的办法做了，结果我被人欺负得死死的，永远都翻不了身。"

还有男的气势汹汹地留言："什么'永远别低估女人陪你同甘共苦的决心，只要你值！'老子为了女人，日夜拼命，风里来雨里去，把她当成女王一样对待，结果这贱人劈腿，跟人跑了，跑就跑吧，还把老子的钱卷光光，害得老子差点去要饭。"还有的说："什么'穷太久就是你的错'，简直胡说八道，我爹穷了一辈子，我娘亲对他不离不弃，幸福得很呢！"

每次看到这些狗血哭诉，我都想问一句：看过农夫与蛇的寓言没有？善良当然重要，但不是对谁都可以善良，我们要分对象的嘛！偏要去对那些恨不得喝你血吃你肉的人善良，那你被欺负了能怪谁呢？

天下好姑娘那么多，你偏要眼光奇特地看上一个人品低劣的女人，一头扎进去付出，她不骗你骗谁呢？那些有识人眼光的男人，她也骗不到啊！

你爹和你娘处在什么年代？那时候大家都穷好不好？再说了，你娘幸福是因为你爹虽然穷，但起码对她好，我就不信你爹又穷又家暴的，你娘还觉得幸福！

一个懂得思考的人，一定不会以偏概全、盲目照搬，只会从各种观点中提取对自己有用的东西。

同样的道理，不要怪别人的方法没有帮到你，因为谁也没有你本人了解所有的细节，真正能解决问题的那个人，除了你自己，别无他人。

同样一个办法，用在A身上立竿见影、效果斐然，用到B身上就头破血流、事与愿违。

能不能解决问题，取决于两点：一是你的智慧和能力；二是你对事情的了解程度。

当然，不是说遇到问题不可以请教别人，虚心请教在任何时候都是一种优良品质，但遇到事情首先应该开启自己的大脑，如果遇到的问题确实超出了自己的学识和能力，再去请教别人。并且，别人的意见只是参考，最后还是需要根据自己的实际情况进行调整，事后再去弥补自己的欠缺。只有这样，解决问题的能力才会慢慢提高。

一个人生活得好不好，取决于独立思考的能力和独立解决问题的能力，如果什么事都要问别人，就算身边高手环绕，智者辈出，人生依然会一塌糊涂！

嫁给有钱男人，你hold得住吗？

小学妹一直想嫁个有钱人，一年前终于如愿以偿，嫁给了某位富豪，有一次逛街碰到她，她手里拎着四五个名牌包包，看见我非要拉着我喝咖啡。

我问她，婚后的日子过得怎么样？适应不？她高兴地点点头："太适应了，我适应得不得了。"

我问她平时都干些什么。她眨巴着眼睛数给我听：逛街，美容，度假。老公给了她一张信用卡，叫她随便刷。

为了印证自己的话，她俯身拿过身边的几个袋子，一个个展示给我看："我今天收获很多呢！学姐，你看，这个是今年刚出的，是不是很衬我啊？还有这个，限量版的，中国没有，我在国外预订的，等了三个月才拿到呢！还有这个，配衣服是不是很好？"

看着她兴高采烈的样子，我一语双关地说："太浪费了！"

小学妹没听出我话里的意思，满不在乎地说："怎么会呢？反正他有钱啊，我不花难道留着给别人花吗？浪费总比什么都舍不得，把自己熬成黄脸婆好吧？"

我只好跟她明说："我是说你现在有这么好的资源，又年轻，可以做些其他更有意义的事。"

小学妹听了有点不高兴，噘着嘴说："学姐，我知道你是作家，但是别见面就教育我嘛！我不觉得做这些没有意义啊！女人把自己打扮得漂漂亮亮的有什么错？你自己还不是天天打扮？"

我见她听不进去，只好作罢，毕竟有些事必须自己经历，才会大彻大悟。

我从不反对女孩子嫁有钱人，甚至是持支持态度的，哪个女孩子不希望自己嫁得好一点，过得从容一点？那些说根本不在乎物质的人，只有两种情况：一是从来没真正进入过社会，没有意识到物质的重要性；二是没有找到这类人，只好假装不在乎。生活处处充满柴米油盐，离开哪样都不行，尤其是这个时代和环境非常不利于穷人生存。优秀的教育资源、健康的食物、良好的医疗条件，是对每个穷人的考验，连健康都保不住的时候，还谈什么安贫乐道？

但我反对那些女孩子嫁给有钱人的目的，只是为了让自己可以买很多漂亮衣服、名贵包包。钱，在富人的生活当中虽然非常显性，却从不是最重要的东西。如果嫁给一个有钱人后的生活，是拥有了衣服、首饰，我只想说：你得到了最次要的东西。

我们可以嫁给有钱人，就像嫁给普通人一样，经历相识—相恋—相爱的过程，但绝对不能拿自己的青春和尊严去换，我可以很负责任地说，这样做，最后失去的肯定比得到的多，有哪个男人会傻到对抱有这样心理的女人付出真爱呢？如果他并非真心爱上，付出的又有多少呢？

再说说那位小学妹，前不久一个深夜里，她很难过地打电话给我。她说最近发现老公的手机设置了密码，回家的时间越来越晚，甚至不回来，她有不好的预感，问他，要么换来不耐烦的敷衍，要么直接就发火，对她也没有以前大方了。她问我男人有这些迹象是不是代表出轨了。我无法替她断言到底是出轨了还是没出轨，可是男人这种表现，起码是不爱了，所以我问她："假如他出轨了，你打算怎么办？"

她在电话那头一窒，叹息了一声："这就是我今天想问你的事，假如他真的出轨了，我该怎么办？"小学妹在电话那头哭道："学姐，我到现在才明白当初你说的浪费是什么意思，可是我太傻了。"

我想帮她，但是有心无力，对于一个事业有成、所有财产基本为婚前财产、女人还需要仰仗他生活的男人，真的没什么可以限制他，甚至连牵制他的东西都没有，甚至连他是否爱上了别人都不敢问，这就是地位和人格完全不对等的代价。

经常看我文章的人都知道，我有一个好得可以穿一条裤子的闺密当当。我的文章中，她出现时我们不是在逛街就是在嗨皮，如果你认为她就是个吃喝玩乐的主，那就错了。

这家伙比我大两岁，长得也比我漂亮，她的故事绝对可以写成一本好玩又励志的长篇小说。

她二十二岁认识老公时，对方身家已经上亿，两人交往一段时间后，男人提出来要送她一套房子，这家伙屁颠屁颠地收下后又提出一个要求：想回学校去念她最喜欢的专业。这种要求对男人而言，太小儿科了，当即给她联系好学校，安排她上学去了，起初男人也没当回事，当当却学得很认真，尽情地利用这四年时间把自己想学的东西学了个遍。

临近毕业时，男人问她，是给你找个工作呢，还是直接进我的公司上班？当当两样都没选，说受不了上班的拘束，她想做点自己的事业。男人见她一脸认真，也没反对，给了她一笔钱，随便她去折腾了。

这家伙先去租了几间门面，干起了倒买倒卖的行当，赚了些钱后，就把租的门面买了下来，在行情最好的时候，又把这些门面卖了，狠狠赚了一笔，当她为自己的成就暗自得意时，男人无意中告诉她，这点钱算什么，还不及他在股票里赚的零头呢！当当一追问，知道这男人对炒股很有研究，于是提出，无论他买什么都告诉自己一声，她跟在他身后买，竟然也发了笔小财。有了这些钱后，她开始琢磨着干点自己真正喜欢的事业。如今，她已经拥有两家公司，去年她为了便于管理和发展，把两家公司合并到一起，而她老公也看到了她的能力，主动把自己公司的财务大权交给她管理。

我们认识后，我对她当初的投资眼光大加赞赏，她白了我一眼："你以为真的是我眼光厉害啊？"我问她那是什么原因，她神秘地笑笑说，她每做一项决定前都会先听听男人的意见，这男人总会给她意想不到的视角，她把男人当成自己的事业顾问，同时仔细总结：为什么同样的问题，他看待的角度就和自己不同呢？为什么同样的事情，他处理的方法就和自己不一样呢？在这样的学习和总结中，她的视野和格局飞快提升，才有了后来的成就。

同样是嫁给有钱人，不同的做法，往往有不同的结局。

能够嫁给有钱人是好事，因为他们可以使一个姑娘的生活发生翻天覆地的改变。但若你的眼光只局限在他们的钱上，我只能说实在太可惜了，要知道钱对于他们本人而言，其实是最次要的东西，真正值钱的东西，是他们的人脉关系、社会资源、阅人眼光和丰富的人生经历以及看待问题的独到视角，钱不过是这些综合能力的体现而已。所以，聪明的女人不会从他们的口袋里掏钱，而会从他们的脑袋里掏东西，用来丰富提升自己，努力向上，站到他所站的高度，而不是让他花钱圈养自己。

所以，嫁给有钱人没什么好得意的，他有钱和你有钱是两回事。他随时可以把你捧上天，也随时可以让你摔落地。真正的安全感不是来自于钱，而是赚钱的能力。

如果你嫁了一个有钱人，整天挖空心思想着从他口袋里多掏一点钱出来，整天研究着如何讨好取悦他，那一定会有更年轻更有手段的女人来取代你。

　　范冰冰说过一句话：我不用嫁入豪门，我就是豪门！这种霸气和自信，你有吗？

　　在这里，我没有任何歧视穷人的意思，因为并非每个姑娘都心比天高，大家尽可以各取所需。只是从客观上讲，由于条件的限制，很多事情她们没机会接触，更没有条件尝试，必然会限制眼光和见识，影响看问题的高度和格局。

撒娇卖萌的女人真的最好命？

今天，我终于拉黑了一个萌妹子，这个念头已经产生过好几次了，其实拉黑她的那一瞬间，我还是有一丝不忍心的。

一年前，我几乎同时通过了两位姑娘的验证请求，其中一位就是这位萌妹子。记得刚刚通过时，她一下就给我发来了十几个表情和动画，看得我眼花缭乱，有好几个不同版本的大捧鲜花，有礼物，有音乐，有跳舞的小人，还有几个可爱的小动物，并且她还在继续发，我估计如果我不阻止的话，她会把手机里的所有表情都发给我，我赶紧说：好了好了，别发了。

她又继续发了五六个才停止，最后一个是委屈地嘟着小嘴的表情，然后她问我：晚情姐，你不喜欢表情吗？我说不是的，一两个可以，但是一下来二三十个，眼睛都花了。说实话，我真不排斥表情，偶尔来一两个有趣的，感觉还是挺好的，但是被人刷屏的感觉可不好。姑娘又说：我是真的真的好喜欢你啊，你能通过我的验证请求，我特别高兴，所以我表达一下我高兴的心情嘛！我想这大概是个比较热情的姑娘吧！所以，并没有当一回事。

姑娘已经大四，她说她已经投了几十份简历，可是没有一家单位录用自己，所以感到很沮丧、很委屈。然后，她问我能不能帮她看下简历，她想知道是不是哪里做得不好。那时候我的读者没有现在多，云意轩也在筹划中，并没有开张，所以我是比较有时间的。我叫她把简历发到我的邮箱里，我帮她看看。

当天晚上十一点，我打开姑娘的简历，顿时明白为什么她连连碰壁了。第一页，她贴了自己好几张照片，有正面的有侧面的，每一张都嘟着嘴巴，不是用两根手指点着自己的脸颊就是托着自己的下巴，眼神是无一例外的无辜加迷茫，并且每张照片都带了特效，有的是星星，有的是闪光，有的是爱心，这些照片如果是发在朋友圈，我觉得可以理解，但这是简历啊！是简历啊！

再往后翻是她的自我简介，第一段是：我是个非常爱做梦的女孩，我向往自由自在的生活，我平时喜欢拍照、旅游，还喜欢买各种娃娃。

第二段是：我不太爱主动和人交往，一般我喜欢别人先来找我，但如果碰到我特别喜欢的人，我也是会主动的。

然后开始介绍她的出生地，出生的城市是个美丽干净的城市，她喜欢那个城市的树，喜欢那个城市的花，喜欢那个城市的街道，等等。

我看得眼睛疼，这样的简历如果对方都录用，要么是别有用心，要么就是眼睛瞎了，所以她没找到工作，我完全理解。

第二天，我告诉她这份简历完全需要重写，首先，去拍几张比较正常的职业化的照片。

姑娘很委屈，问我这些照片哪里不好了，我说照片没有哪里不好，但是用在这里不合适，如果你还想找到工作，那就去重新拍一下。姑娘非常不情愿，但最后还是听了我的，去拍了几张照片，那几张照片里的表情还是萌萌哒，但比起之前的那些，已经正常多了。

然后是简介了，我告诉她，求职的简历你需要写的是你的教育经历、获奖经历以及特长，然后再简单地介绍自己的性格、爱好等，而不是通篇都是抒情散文。

大概三个月后，姑娘终于找到了工作，在一家私企当前台，我也算了了一件差事。

不过只过了三个月，她就被公司开除了，据她说她是被别人陷害的，真实原因不得而知。

后来，她又去了另一家公司当接待，并且还谈了恋爱。那段时间是我最清净的日子，她说男朋友很喜欢她的天真可爱，他们在一起特别幸福。因为特别幸福，所以她很少找我。但好景不长，也就是三个月时间吧，她哭着发消息跟我说，男朋友劈腿了，她被甩了。

我说，你们不是处得好好的吗？怎么这么快他就变心了？她委屈地说：这个浑蛋自己花心，还跟我说他受不了我的肤浅和白痴，说我是没有大脑的木头娃娃，而且他还说我整天嘟着嘴扮纯真，叫他看了恶心，呜呜，他以前说我最可爱了，这个骗子！

这些话从一个男人嘴里说出来，确实有些刻薄，但以我对这个姑娘的了解，她男朋友的评价不无道理。

我说既然他是个骗子，咱就别留恋了，既然他说你肤浅，你就多看点书，多充实一下自己，再找个更好的男人。她问我该看些什么书，我给她列了十来本书，三天后她向我诉苦：姐，这都是什么书啊，一点都不好看，看都看不懂，我喜欢看那些霸道总裁的小说。

我对这位姑娘有点死心了。好在这段恋情对她影响不大，伤心了几天她就忘记了。

但此后，她变成了十万个为什么。某天晚上，我正在写作，她发消息问我相不相信这个世界上有鬼，我说没研究过这个问题，正在忙。

隔了几天，这姑娘又发消息问我平时说不说梦话，我有种无语问苍天的感觉，我觉得这样的问题，我家一岁多的小侄子问我比较合适。

后来，她又问了我很多奇奇怪怪的问题，我不人愿意回答她了，基本上是十问九不答，然后她开始给我发自拍照片，要么就是萌萌的很无辜的眼神，要么就是很委屈地瘪着嘴，要么就是很迷茫的眼神，问我可爱吗。

今天，她又给我发了十几张自拍照片，我终于受不了，把她拉黑了。

而另外一位姑娘则是完全不同的光景。当初通过验证请求之后，姑娘并没有和我多聊，后来临近毕业，姑娘也同样把简历发给了我。当时我看过后，只有一个感觉：比我当年做得好多了，我已经没什么意见可以提了。

半个月后，她找到一份不错的工作，并且有了男朋友。她很少找我聊天，除了偶尔有困惑时。她和我聊天时间最长的一次，就是她面临感情选择的时候。

当时，她男朋友是本地的，而她不是，所以他们的恋情遭到了男方父母的反对，男方父母希望他娶一个同城女孩，而男朋友在这件事上并没有表现出非常坚定的立场。她问我，她是不是该坚持下去。我告诉她，是想坚持还是想放弃，先问问自己的内心。大概一天后，姑娘发消息跟我说，她想明白了，决定放弃这段感情。她说：从表面上看，我们的阻力来自他的父母，但如果他真的很在乎这段感情，他会努力去说服他父母，而不是我来努力。

我很高兴她能看到问题的症结，只发了一句话给她：结束一段感情肯定会很痛苦，但是很多时候，受得了一时痛苦，便能海阔天空，不愿受一时痛苦，往往就会痛苦一世。

就在上个月，她给我寄了一份喜糖，她终于找到了真正属于自己的爱情，我由衷地为她高兴。

这个姑娘从不跟我卖萌，她只会在真正遇到困惑时才找我交流，而交流之前，她基本上已经思考过令她困惑的问题，所以我也愿意尽自己所能提提建议。

而那位萌妹子我只能把她拉黑。

生活中，有不少姑娘喜欢撒娇卖萌，我不知道到底是什么原因使得她们以为撒娇卖萌能得到别人的喜欢，能拥有不一样的待遇。

我曾经问过我身边的女性朋友，会对萌妹子特别包容吗？有一位朋友的回答令我记忆深刻，她说：这个世界上，我只觉得我女儿撒娇卖萌很可爱，其他已经成年的女性卖萌我都受不了，太做作、太矫情了。

我也问过身边的男性朋友，是不是特别喜欢姑娘跟自己撒娇卖萌，一位朋友的回答同样很经典：正常男人娶老婆都不会找这一类型，只有老男人找情人才会找那些喜欢撒娇卖萌又没大脑的，这样控制起来比较方便。

说实话，青春年少的姑娘，偶尔撒撒娇卖卖萌真的是一道美丽的风景线，但那是建立在本身就拥有聪明的头脑上，撒娇卖萌是一种恰到好处的纯真活泼，而不是生活的常态。如果将撒娇卖萌作为生存技巧，无疑是把自己当成木头娃娃。一般人对待娃娃的态度都是：有空的时候逗一逗，没空的时候扔一边。

所以，请用撒娇卖萌的时间去武装自己的大脑吧！不要把撒娇卖萌当成自己一辈子的事业。

忙是治疗一切"神经病"的良药

写情感文章久了，经常会收到各种各样的留言，比如："最近男朋友对我好像不如以前热情了，打电话、发消息都不如以前频繁了，我发过去的消息他回得都很短，以前他不是这样子的，我怀疑他可能喜欢上别人了，偷偷检查过他的手机，可是都没什么发现，晚情姐，你能帮我分析一下吗？他到底还爱不爱我？"

又比如："晚情姐，我今年刚刚工作，工作是我自己喜欢的，我挺满意的，和同事们相处得也不错，可就是有一个人令我非常难受，昨天我在电梯里碰到她，主动跟她打招呼，结果她没有理我，那么近她不可能看不到我，我想来想去，怎么也想不出来哪里得罪她了，你说我要主动去找她谈一谈吗？"

再比如："前天过节，男朋友送了我一个苹果6S，我就在微信里发了条动态，结果有人说我在炫耀，可是我真的没有这个意思，我只是想记录一下我的心情，还有对男朋友的感谢，为什么她们要这么说我呢？晚情姐，如果你遇到这种事会怎么处理啊？"

每次我看到这样的留言，第一反应不是如果我遇到这样的事，我会怎么处理，我只想感慨一声：亲爱的姑娘，你真闲啊！

说实话，我完全理解留言的姑娘那种郁闷和困惑，以及想知道答案的渴望，因为曾经我也是这么走过来的。

但是现在，我绝对不会再这样，如果有人问我，你是怎么做到的，我只想回答一句：忙是治疗一切"神经病"的良药。

在所有的鸡汤文里，我觉得这句"忙是治疗一切'神经病'的良药"最深得我心。

不得不承认，曾经，我也是个"神经病"患者，那时候既没云意轩翡翠也没有公众平台，工作又清闲，还是充满浪漫与期待的年纪。在我的想象中，我的恋人必须时时刻刻把我记挂在心上，我一打电话就得三秒钟接起，就算忙得脚不沾地，也会关心我吃了没，睡得好不好，心情怎么样，否则怎么能算爱我呢？

确实，在热恋期间，先生都做到了，可是好景不长，有时候电话打过去会被按掉，有时候消息发过去，半天不见回复。我也胡思乱想啊，什么情况？为什么把我的电话按掉？在干什么？跟什么人在一起？以前不是这样的，为什么不回消息？是没收到还是故意不回？厌倦了？变心了？

往往还没得到答案，我已经演绎出无数种可能。当然，我不会就这样算了的，我会质问他："为什么把我电话按掉？"

他说："我在开会啊，正在发言，没办法接你电话。"

我心里好受了一点，但立刻接着追问："那你以前怎么不按掉我电话，以前你不也需要经常开会的吗？"

这时候，他往往哑口无言，然后我们就会吵一架，可以说，我之前写的一篇文章《那些年，我们一起吵过的架》几乎都发生在这个时期。

后来，先生只好跟我老实交代：那时候还没追上你，我敢不接你电话吗？就算开会，我也得出来接你电话啊！但是现在不一样了啊，我还这样事业还要不要了，你要体谅我嘛！

我无法接受这个事实，这离我的想象实在太远了，不断地吵，不断地闹，但除了让彼此很累外，我没有任何收获。虽然在我几次以分手相胁迫后，他妥协了很多，努力早、中、晚一个电话，但是我不满足啊！谁叫我时间特别多呢，我闲得发慌啊！

而且，在他坚持了一段时间后，一天三个电话也不能保证了，往往我到下午都没有接到一个电话。于是，我又不爽了，继续兴师问罪："为什么不打电话给我？你现在一点都不在乎我了。"

他大喊冤枉："哪有的事，我很忙啊，就算是出轨，也得有时间啊，我一天忙得连午饭都没吃。"

我当然不会相信他这种低级的解释："好吧，就算你午饭没吃，那你一天总上卫生间的吧，如果你在乎我，就算忙死，你也会利用上卫生间的机会给我发消息打电话的。"

这句话，我是从网上看来的，隐约记得那篇文章好像说，在乎你的男人，就算再忙也会趁上卫生间的时间给你发个消息，让你知道他在乎你。

曾经我对这话坚信不疑，这世界上哪有那么忙的人，再忙不也得吃饭上卫生间啊！所谓的忙，都是借口。

但是现在我只想把写这文章的人揪出来扁一顿，这一定是某个闲得发慌的人写的。当我亲自体会到忙碌时，即使上卫生间，满脑子不是在构思文章，就是在想翡翠款式设计，充斥着各种各样的事，很少有闲情逸致去发消息告诉对方我想你啊我爱你啊。

当然，这是后话。那时候，先生被我折磨得够呛，委婉地提出：有空的时候可以多学习，也可以想想自己真正想干什么，毕竟你还年轻。

而我，也折腾累了，甚至挺瞧不起自己的，干吗整天去关注一个男人在干什么呢？难道我就不能活得更洒脱些吗？

不仅如此，在工作中我也容易胡思乱想，如果哪天领导铁青着脸走进办公室，我立刻会联想到自己是不是出错了。但事实证明，领导的脸色往往和我没有任何关系，他只不过是因为其他事情心情不好而已。

我和闺密当当也是这时候认识的，我至今感谢她的就是她把我从这种旋涡里拉了出来。当年她的洒脱和独立一下子就征服了我，我把自己的苦恼告诉她，她撇撇嘴，只说了一句话："你就是太闲了，你要是足够忙，才没时间琢磨这些呢！"

后来，我辞了职，专心写作，可我还是觉得不够忙，于是创立了云意轩翡翠，而后又建了"倾我们所能去生活"这个平台，我变得越来越忙，有时甚至忙到忘记吃饭。

先生当年的忙碌，我开始一样样尝到，我逐渐相信人忙起来确实会连喝水都顾不上，我也不再相信"再忙也可以利用上卫生间的时间打电话给对方"的鬼话。现在，我只相信当真正忙完一件事后，才会有闲情逸致给对方打电话。我突然发现，我的"神经病"不药而愈了。

忙碌的人，不会有时间去琢磨对方此刻在做什么，也不会一直盯着手机等对方的消息，更不会患得患失地胡思乱想。因为她们有很多正经事要做，她们的每一天都过得很充实，在忙碌中慢慢找到了自己的定位和价值。

更令人欣喜的是，曾经她们认为疏忽自己的人，居然反过头来关心自己了，曾经百般苛求不得的东西，轻而易举地就得到了。

姑娘，如果你觉得生活处处不如意，人心难以捉摸，爱情风雨飘摇，你整天都寝食难安，不知道该如何解决这一切，请相信我，你只不过是太闲了而已，请记住一句话：忙是治疗一切"神经病"的良药。

当你开始努力，所有的困境都会过去

一年前，我一个自己做事业的女性朋友要招助理，叫我有合适的人推荐给她。彼时，与我同城的一位读者正面临着人生困境。

她并不是本地人，而是嫁到我们这里，生完孩子后，就一直在家带孩子，老公和婆婆都不太尊重她，呼呼喝喝是常事，她也习惯忍了。

可是后来有一次，她买了一套祛斑产品，花了一千多块，因为生完孩子后，她脸上长了些斑，毕竟三十不到的年纪，爱美几乎是天性。

但是这一千多块却引发了家庭大战，婆婆知道后，大骂她败家、自私，儿子赚钱那么辛苦，她竟然毫不节俭，孙子那么小，竟然不为他打算，这算什么老婆？算什么妈妈？

老公知道后，不但没有替她说话，甚至还说她那张脸，配用这么贵的东西吗?

　　这一次，她真的被刺伤了，所以她对我说：晚情姐，我在找工作，如果你有什么机会，请告诉我一声，再苦再难再累的活，我都愿意干。

　　说实话，她并不符合我朋友对助理的要求，但我还是想让她去试一试。跟朋友说明了情况，朋友答应面试一下她。

　　当天晚上，朋友不好意思地告诉我说，没有录取她，因为她在家待了几年，无论是工作经验还是技能和助理的岗位都有一段距离，而朋友也不想重新培养一个助理。

　　我表示理解，但是第二天早上，朋友又打电话跟我说，决定录取她。我有些意外，不知道是什么原因促使朋友改变了主意。

　　朋友告诉我，因为昨天晚上，我这位读者主动给朋友打了电话，说："我知道我的条件不符合你的要求，但是我真的很想得到这份工作，因为它关乎到我的尊严和家庭地位，我会比任何人都用心地对待这份工作，我只想请你给我三个月时间，我不会的，我去学，我不懂的，我去问，这三个月里，你只要给我基本的生活费就可以了，我希望你能给我这个独立的机会。"

　　朋友被她的话感动了，决定让她试一试，当然，不会只给她生活费。

　　她终于正式到朋友公司去上班了，据说一开始确实干得不好，她不会做PPT，不懂做会议记录的要点，更不知道该怎么协调各种工作。

但是，她是全公司最努力的人，有什么不会的东西，她会一个个去请教，每天她都是最晚走的一个人。朋友提醒她也要平衡一下家庭和工作，好在婆婆和老公根本就不看好她，就等着她干不下去灰溜溜地回家，憋着一股气等着那一天，倒也没有过多为难她。

而她趁着这段难得不受干扰的日子，拼命地学习，除了请教别人，她还买了不少专业的书，努力地啃了下来。她上班的每一分钟都在为自己的工作努力，从来不跟别人闲聊八卦，从来不会打发时间，朋友要她做的事，她认认真真地去做，朋友没有交代她的事，她也努力地去想。

三个月不到的时候，朋友就提前让她转正了。

有一次吃饭时，朋友笑着对我说："我差点就错过全天下最好的助理了，我公司里这些人，没有一个比得上她的努力和敬业，幸亏当初我心软了一下，才两个多月时间，她就干得得心应手了，其实助理这种工作没有太高的专业要求，要的就是踏实、认真，现在，她能把我交代的每一件事都做得妥妥帖帖！"

再次看见她时，当初的迷茫自卑已经被认真坚毅取代，气色也比之前好了一大截。

大概一年后，朋友打算在另外一个城市开一家分公司，再一次面临人选问题，朋友有心把她派过去负责新公司的一切，又有一些顾虑，一来她做助理实在太合格了，朋友舍不得她离开，她熟悉朋友的所有习惯和风格，两人已经磨合得非常好了；二来毕竟她是有家有口的人，就这么把她派到另一个城市，担心她不愿意，更怕影响了她的家庭。

正当朋友举棋不定时，她主动找朋友请缨。这一次，她并没有像求职时那么孤注一掷，而是分析得条理清楚，她说没有人比她更熟悉公司的运营情况，也没有人比她更清楚朋友的要求，如果由她负责新公司，她一定会拿出当初的干劲，把这个公司管好。朋友被说动了，只说了一句：如果你家人支持你的决定，那么你就去当这个分公司的总经理。

其实当她请缨的时候，对于老公和公婆的反应也吃不准，但这一次她早已决定，不会再把生活的选择权交到任何人手里，她也不想再过仰人鼻息的日子，她要有尊严有底气地活着，即使付出一些代价，也在所不惜。

出乎意料的是，当她回家一说，老公只是稍稍犹豫了一下就答应了，婆婆的反应更加出乎意料。当老太太一听说她可以去当分公司经理时，不但没有阻止，反而完全支持她的决定，婆婆拍着胸脯跟她保证：放心去吧，孩子我帮你带，要是你想他了，我就坐车带他去见你，反正两个城市坐车两个小时就到了。

她这才想起，通过这一年多的努力，婆婆对她的态度已经大为不同，随着她事业的起色，婆婆不再对她疾言厉色，偶尔加班晚了，还会给她留点饭菜，只是忙碌的她，忽略了这一切。

最近，无论她买什么，婆婆都很少再说什么，因为她的收入已经足够她自己的开销，甚至孩子的开销。她也渐渐有了自己的圈子，不再一头扎进窝里，不知何处是方向。

连老公都不再对她颐指气使，上个月还主动给她买了补品，让她忙碌的同时别把自己累坏了。

原本，她坚决要独立的很大一部分原因是想让这家人看看，她也可以很有尊严地活着，她想以实际行动出这口气，但当她真的做到后，反而没这种想法了，因为在所有努力的过程中，受益最大的人是她自己，所以其他都成了次要。

最近一次，她跟我聊天时对我说：曾经我经常缠着你问你要与婆婆相处的秘诀，讨老公欢心的技巧，现在我才明白，什么秘诀、技巧都没有自己努力来得靠谱，当你自身没价值的时候，你的秘诀在人家眼里是委曲求全，你的技巧在人家眼里是低声下气，只有自己努力了强大了，所有的困境才能真正过去。

很多姑娘如无头苍蝇似的到处追问夫妻问题的解决之道、家人相处之道，殊不知，所有的解决方法就在你自己身上。有一句话说得好"解铃还须系铃人"，别人根本不可能解决得了你现实生活中的问题，这一切，只能靠你自己。而最有用的办法，就是好好努力，无论是提升自我还是开拓事业，都比你到处询问来得有用，当你这个人有价值的时候，你才会有尊严，只有有价值有尊严的人，才会得到别人的尊重。

如果你希望自己的生活能够自己做主，如果你希望在生活中能得到应有的尊重，那你又有什么理由不好好努力呢？

当你拥有智慧与见识时，你根本不会爱上人渣

我的好朋友N几年前离了婚，离婚的原因是，老公在她外派不到三个月时，就和公司里一个90后的小姑娘打得火热，还让对方怀了孕。本来对于离不离婚，这个男人是挺纠结的，然后，女孩的妈妈出面了，把他叫到家里说："小K啊，你们的事我女儿都跟我说了，我听了非常生气，你说你一有家的男人，怎么就这么不知检点呢？我女儿还小不懂事，难道你也不懂吗？"

这男人一句话都说不出来，只是浑身冒出一身的冷汗，女孩妈妈见火候差不多了，又对他说："事已至此，我说什么都没用了，我跟她爸爸虽然生气，但也不得不为我们的女儿和外孙着想，我们商量过了，你回去离婚，我和她爸爸小有积蓄，可以为你们在这里全款买一套房子，以后你们就好好过日子，别再瞎折腾了。"

这一套房子把N的婚姻判了死刑，当初她接受外派的所有理由，就是为了在这个城市拥有一套属于自己的房子，但是房子还没挣到，她的婚姻却即将解体。

当她知道这一切的时候，她不敢相信，才三个月啊，三个多月而已，也就100天时间。她很早就知道两地分居不好，是对感情最大的考验，所以她早就打定主意，只外派两年，只是两年而已，然后两个人长相厮守，再也不分开。

但是这一切，都被一套房子毁灭了。为了这套房子，也因为害怕女孩的父母，这男人铁了心地要跟她离婚，甚至无所不用其极。

N离婚后，彻底把自己外派了，去年才回到本市，用她的话说：我在外面漂泊累了，我想回来生活，这几年我也走出来了，朋友介绍了一个男人给我，我想开始新的生活。

虽然她没说这几年在外面的日子，但我能猜到她当初离开的原因，她怕我们同情她安慰她，也怕父母伤心难过，更不愿意待在这个伤心之地。

如今她能够主动提起这一切，我相信她已经真的走出来了。

N对我说："情，你知道吗？这几年来，我最怕别人问我的不是你为什么离婚，也不是你为什么不再找一个，更不是你是不是还想着他。我最怕别人问我的一句话是：你当初怎么看上你前夫的？有的闺密好友听说我的事后，会义愤填膺地问我：'女人，你当初怎么看上他的？'我都无言以对。因为，我也不知道我当初怎么看上他的，更不知道我当初看上了他哪点，如果以我现在的眼光，我绝对不可能爱上这样一个男人，更不会嫁给他。"

我不知道N知不知道她前夫的现状，离婚后，这个男人和90后女孩没好多久也分手了，据说是女孩妈妈干涉太多，在他经历了最初的惶恐阶段，很快就不堪忍受，起初是阳奉阴违，后来是直接对抗，女孩妈妈也是个非常强势的人，两人吵得不可开交，在孩子还未出生的时候，他便不再回家，两人连婚都没来得及结就这样分手了，据说孩子在六个月时拿掉了。

我非常理解N的心情，曾经也有一位女孩对我说过同样的话，在她18岁那年，她爱上了一个比她大六岁的男人，她觉得那个男人比学校里那些乳臭未干的同学强太多了，她为他堕过胎，也为他哭得肝肠寸断，可是，在她堕胎不到一个星期的时候，他就和别人出双人对了。这个姑娘什么话都没说，擦干眼泪，悄悄尾随他，然后一砖头就替他开了瓢。好在他自觉理亏，也没追究。她说在她那一砖头下去时，他和她的所有恩怨情仇就划归为零了，可是午夜梦回时，她经常会问自己：你当初是怎么爱上这个男人的？这个问题比她爱错人更让她觉得难以面对。

有人说过：谁的一生不遇到几个人渣？也有很多姑娘在碰到人渣时拿这句话来安慰自己。但我完全不认同这句话，因为身边从没遇到过人渣的姑娘远远超过遇到人渣的姑娘。

再来说说N的故事，她回来后，并没有和朋友介绍的男人在一起，因为发现各方面都不太合适，但最后还是成了朋友。而在去年末的聚会上，N认识了另一个男人，这个男人并不会说很多情话，当他知道N的房子情结后，把原先住的房子卖掉，在市区以N的名义重新买了一套房子，他也知道N被男人伤过后，很没安全感，主动把自己的财政大权交给她。

有朋友说N运气真好，遇到了真正爱她的男人，但N笑着摇摇头："不是运气的问题，而是我现在选老公不再像以前那样，曾经，只要人家说一句'老婆，我以后会对你很好的'，我就找不到东南西北了；听到一句'我会爱你一辈子'时，我就觉得对方肯定永不变心。我根本看不到对方的担当，也看不到对方的付出，但我依然一头扎了进去。所以这几年，我都没有再找，因为我一直在总结自己的问题。"

N说这几年，她在打拼事业时，遇见过各种各样的男人，渣男几乎都是一个模子里刻出来的，花言巧语，指天誓日，说得很多，做得很少，只想得到，不想付出，而好男人也几乎是一个模子里刻出来的，永远都是行动早于言语，言出必行，宽厚体贴。慢慢地，N也就明白了什么样的男人才是人品出众的男人。

而这几年里，她也依然遇到过好几个渣男，有的是看她单身一人，漂泊在外，存心找她玩玩，有的是见她事业不错，想着从她身上捞些好处，只是她都没有再栽进去。

当你闭上眼睛只用耳朵谈恋爱时，你爱上渣男的几率是非常大的。

很多姑娘都会在后台问我：怎样判断一个男人是不是渣男呢？我想说，姑娘，当一个男人说的比做的多太多；当一个男人只要你付出，而自己却吝啬付出；当一个男人爱自己远远超过爱你；当一个男人时常提出各种苛刻甚至践踏你尊严的要求时，你还需要问我什么样的男人是渣男吗？

避开渣男，只有一个办法：当你拥有智慧与见识时，你根本不会爱上渣男！

幸福和不幸福之间，其实就差了这一点

临近过年，饭局邀约就特别多。朋友R的新房子落成，邀请我们过去暖居，聚聚人气。我们今年也在装修房子，只是尚未搬进去，所以对别人的装修效果特别感兴趣，加上R烧得一手好菜，在双重诱惑下，我和先生高高兴兴地赴约了。

除了我们，她还邀请了另外两对夫妻。R的老公怕我们无聊，拿出两副扑克牌，让我们打升级（南方的一种打牌游戏，有的地方叫80分，有的地方叫拖拉机），R就在厨房里忙活，不时飘出一阵阵的菜香，她老公并没有和我们一起玩，而是在厨房里打下手。

突然哐啷一声，东西打碎的声音，我们不约而同地转头一看，原来是R端着一大盆酸菜鱼，手上有油，一时没拿稳就摔了。

见我们都停下了手中的牌，她非常抱歉地说："不好意思，我

笨手笨脚的。"

那盆酸菜鱼特别大，又都是油，可以说餐厅几乎是一片狼藉了，R的老公跑过来一看，也愣了一下，R赶紧说："都怪我手笨，好好一盘鱼就这么打碎了，你陪他们去玩，我把这里收拾一下。"

但是，这个男人的表现让我现在想起来还觉得感动，他跨过那些油腻和碎片，握住老婆的手翻看着："平时你不是不小心的人，是不是被烫了才拿不住？给我看看！"

大概是因为我们都在场，R有些难为情，想把手抽回去："没有，刚才盛的时候，不小心把油弄到盆边上了，就一时没拿住，对不起！"

R的老公说："这有什么对不起的，谁这辈子没打碎点东西，都是我不好，我应该先帮你把鱼端出去再去充电。"

R把老公推了推："这里都是油和碎片，我先把这里打扫一下。"R说着就要去拿拖把。

她老公一下拦住了她："你先回房间换身衣服，这里我来打扫。"

R并没有跟老公争，只是看着满地的鱼，无限惋惜，我们赶紧说，有没有鱼都不要紧，随便来几个家常菜就可以了。

R的老公就一个人把餐厅收拾得干干净净，我们想要帮忙，都被他阻止了，等他收拾完后，就去厨房给R帮忙。后来，R做了另一种鱼给我们吃，还有十来个家常菜。

那顿饭，是我吃过的印象最深的一顿饭，并不是因为R的厨艺，毕竟当今社会，再好吃的东西都能轻松吃到，而是因为这顿饭充满了爱。

吃饭时，我们还未动筷，R的老公就说："我最喜欢吃我老婆做的饭了，我不知道是不是合你们的口味，但我特爱吃，我就不客气了啊，你们也别客气。"

几乎每道菜，他都会夸奖一番R，R被他夸得挺不好意思，羞涩地说："哪有这么夸自己老婆的？"

R的老公很认真地对我们说："夸老婆有什么不对呢？如果不觉得自己的老婆好，干吗娶回来啊？老婆肯定是自家的好嘛，对不对？"

我们都笑着点头，心中也有些感慨，R的孩子都12岁了，两人的相处却还像新婚蜜月似的，不能不说这是爱的艺术。

想起几年前也曾经在另外一位朋友家吃过饭，但完全是另一副光景，用鸡飞狗跳来形容再合适不过。

忘记那次是为什么赴约的了，只记得女主人每端上来一道菜，男人都会挑剔嫌弃一番："这菜咸了，你放了多少盐啊？"

女主人尝了一口说："不咸啊！"男人就不高兴了，说："你自己当然不会说咸了，天天待在家里，连菜都做不好，人家的老婆又工作又赚钱，家务还干得利落。"

女主人也不高兴了，回敬道："人家的老公还又赚钱又帮着老婆干家务呢，你呢？除了会挑三拣四还会什么？你嫌我做的不好吃，那就自己做啊，挑剔别人谁不会？"

男人就对着我们说："看到没有，我忍了她十几年了，你给她指出错误来，她从来不会虚心接受，我娶她也算是倒了八辈子的血霉了。"

我们赶紧劝：小事小事，只是一顿饭嘛，菜怎么样不重要，和气才重要。

碍于我们在场，他们也停止了争吵，但是那顿饭我们真是吃得消化不良啊！因为我们很内疚啊，如果我们不接受他们的邀请，也许他们就不会吵了，但他们完全不觉得，反而在席间说了对方很多不是，让我们评理和声援。

我们默默地吃饭，嗯嗯哦哦地含糊应着，生怕不小心再把他们的战火给烧起来。吃完之后，赶紧各自找借口溜了。

从R家告辞出来，另一位老公感慨地说：以前我觉得夫妻之间太客套简直就是虚伪，有什么就说什么才是夫妻，现在突然觉得，越是夫妻越是需要欣赏和赞美，那是恩爱，不是虚伪。

我们纷纷点头，聊了一路夫妻相处之道。

有人说幸福的家庭都是相似的，不幸的家庭各有各的不幸，其实我认为应该是反过来的，不幸的家庭都是相似的，夫妻之间不是指责挑剔，就是横眉怒目，不是相互嫌弃，就是相互刺伤。

回想一下当初结婚时，也是这么相互看不顺眼吗？肯定不是，这得对自己有多大的仇恨啊！那为什么会变成如今这个局面呢？

而幸福的家庭却各有各的幸福，也许是生活中的爱侣，也许是事业上的良伴，又或许是兴趣上的盟友。但他们却始终都有一个共同的地方，那就是：嫁给你（娶了你），我不后悔，在我眼里，你就是最好的，所以我赞美你，欣赏你，爱惜你！

真的是幸福的人比不幸福的那些人强很多吗？如果单从外在条件上而言，绝对不是，有些人家庭虽然不幸，但是事业出色，经济条件良好，反而是那些过得很幸福的人，也许事业普通，经济环境一般。但是后者往往带了一双发现对方优点的眼睛和一颗珍惜对方的心。

亲爱的，幸福与不幸福之间，其实就差了这一点：发现对方优点的眼睛和珍惜对方的心。请问，你具备了吗？

最美的感情，一定可以站在阳光下

有一次，我去邻近城市办事，在办理酒店入住时，很意外遇见一位熟人。对方是我以前的同事，看见我，她眼神闪烁，很不自在。当我看见另一个男人出来时，才恍然大悟。

我不是一个多事的人，只略微含笑点了点头，便走开了。

回来后的第二天，她在微信上找我，我假装已经忘记之前看到的事了，以免她难堪。

彼此闲聊了十分钟后，她主动问我："你愿不愿意听听我的故事？"

我发了个表情过去，意思是她愿意说，我就听。

接下来一个小时，她详细讲述了她和那个男人的故事。

她从大学毕业后，就来到这个城市工作。在她很小的时候，父母就离婚了，为了自己的幸福，父母都不愿意要她，把她寄养在奶奶家里。好在奶奶对她不错，可奶奶再疼她，也弥补不了父母都不要她给她的伤害。所以，她一直很自卑，也很内向。

直到大学毕业，她都没有谈过一次恋爱，她觉得一个连父母都嫌弃的人，是不会有好男人来爱她的。所以，她一直像个小透明，无声无息地做好自己的事，从来不去给人添麻烦。

直到，一个男人的出现。

男人很优秀，年纪轻轻就已经事业有成，也早已成家，是从其他公司请来的人才，也是她们部门的领导。部门里有很多女孩子，有活泼外向的，有多才多艺的，也有精明能干的，在一堆女孩中，她是最沉默的一个，安静地隐在一角，却偏偏入了他的眼。

有一次，她的工作没有做完，留在办公室加班，而他开完会，正好回办公室拿电脑，看见她随口问了一句："吃饭了吗？"

她看了看四周，才发现整间办公室只有她一个人，连忙回答道："我做完明天的计划就去吃。"

对方皱了皱眉道："工作再重要，也不如身体重要，我带你去吃饭吧！"

她当时就愣住了，语无伦次地说不用了。对方却很坚持，并说："你先做计划吧，我等你！"

工作计划其实已经接近尾声，由于他的邀请，她脑子一片空白，早已做不下去了。

不知怎么的，就这么跟着他去吃饭了。

这是她第一次近距离接触他，他的周到、绅士、年轻有为，成了一股致命的吸引力，让她飞蛾扑火似的爱上了他。

年轻的姑娘，尤其是没有多少恋爱经验的姑娘，对爱情几乎是没有免疫力的。她的内心抗拒过，理智也阻止过，但在强烈的爱慕下，全部溃不成军，她还是跟他在一起了。

刚刚在一起的阶段，总是甜蜜醉人，两人相携春花秋月、夏风冬雪，只恨看不尽四时美景。

两人同在一个公司，在一起这件事是绝对保密的。平时在公司里，两人要装作若无其事，甚至比一般人还要疏离，只有在无人时，才敢放任自己的目光，长长久久停留在对方身上。在约会时，他们只能小心再小心，犹如地下党接头一般，从不敢同进同出，也从不敢在本市约会。

时间长了，心里的伤感便开始蔓延了，患得患失的情绪，总是时不时地冒出来一下。

但，再年轻天真，她也知道这样的感情不能跟任何人倾诉，尤其是公司里的人，一个字都不能吐露。恰恰这个时候，我无意中遇到了她。

她跟我说，刚刚看见我时，她有刹那的慌乱与担心，可随之而来的是如释重负，甚至带着一丝庆幸与解脱。所以即使我不问，她也想主动告诉我，因为，她实在憋得很难受。

她给我讲了很多细节，足足说了两小时，就连初次约会时对方穿的衣服颜色，说了哪几句话，细微的表情，她都记得一清二楚。

如此用心，我很清楚她早已经情根深种。

她问我："晚情，你觉得他爱我吗？"

这个问题令我很为难，经常有很多姑娘把自己的恋情告诉我，然后问我一句：你觉得他爱我吗？

我总是不知道该怎么回答才能两全其美，若说一点感情都没有，肯定不可能，芸芸众生，偏偏和你在一起，好感是起码的，在一起久了，感情自然会滋生，可是离爱……终究还是差了一步。

但我更清楚，陷在爱情里的姑娘们，哪里愿意接受对方不够爱或者说只是喜欢自己这个答案。即使有人清清楚楚告诉了她们，她们也会为自己的感情和对方找出很多相爱的细节，来证明这份感情不是自己的错觉。

所以，我反问道："你觉得他爱你吗？"

她犹豫了一会儿说："有时候觉得很爱，有时候又觉得不那么爱。"

我说，其实在感情中，你自己的感觉最重要，如果你觉得很爱，那就是很爱，因为你感受到了，如果你觉得不那么爱，那就是不那么爱，别人感知到的东西和别人的标准，都代替不了你心中的感觉。

我问她，未来怎么打算。

她突然陷入了沉默，良久才说：从平时的细节里来看，我会觉得他很爱我，可是一想到未来，我就会有那种不确定的感觉，他从来不和我提未来，而我……也不敢提。

我想，其实她心里比我更清楚未来是两个人之间禁忌的话题，一旦谈起，也许所有的恩爱缠绵，都会被打回原形。

我从不认为结了婚以后的人就不会遇到真爱，爱情是个很抽象的东西，很多时候，理智和现实在它面前只能溃不成军，但同时和两个女人在一起，那就肯定不是真爱。

所以，每次遇到有姑娘问我："晚情姐，你相信一个男人能同时爱两个女人吗？"或者："晚情姐，你觉得一个男人又有老婆又有情人，他心里更爱哪一个呢？"

我总会毫不犹豫地回答：亲爱的，我相信他爱的人既不是老婆，也不是情人，而是他自己。如果真爱一个人，必然会让她站到阳光下，如果他没有，那是因为他只成全了他自己，成全了他所谓的责任，所谓的道义，所谓的圆满，但，这并不代表他爱的人是老婆，只是权衡利弊后，他选择了维持现状而已。他拥有了他所希望的两全其美，只是，唯独牺牲了两个女人的幸福。

她又问我怎么看他。

这次我没有隐瞒，我说：当他发现自己对你动心时，果断斩断情缘，虽然遗憾，但我会佩服他的冷静；如果当他发现爱上了你，果断离婚娶你，虽然残缺，我也会敬他是条汉子。

她听后，良久无语，最后问我：你内心会不会看不起我？我说不会，她如释重负。

单纯的姑娘，我绝不会站在道德的制高点上来谴责你，因为我们谁都不是圣人，谁都有可能犯错。可是我想告诉你，当你目送他回家时，你真的不会心如刀割吗？当你无法光明正大地陪在他身边时，你真的能够无怨无悔吗？当你看见其他情侣在阳光下手牵手走过时，你真的不会心生羡慕吗？

最美的感情，一定可以站在阳光下，笑容中没有愁苦，只有一脸明媚。易地而处，当我们真正爱上一个人时，我们会希望他躲在暗处，独自舔舐孤独与痛苦吗？我们不会，我们一定会和他站在阳光下，执子之手，目光坦然地迎接这世上所有的考验。

姑娘：千万别瞎作，越作越没地位

一位姑娘痛哭流涕地跟我说和男朋友分手了，可还是很爱很爱他啊，怎么办？能不能挽回？

分手是这姑娘先提的，就是因为生日的时候她想要的是一个苹果手机，而男朋友送给她的却是一个包包，于是她就不高兴了，认为既然是男女朋友，就应该心意相通，明明已经暗示过了，居然没按她的要求做，这算哪门子男朋友嘛！于是，姑娘就开始作，先是历数了男朋友忽视自己的地方，接着列举了人家的男朋友多周到多体贴，再是控诉总结男朋友根本不爱自己，闹着要分手。

起先，男朋友还是好声好气地哄着，说那就再去把苹果手机买过来，但姑娘不知道见好就收的道理，说买来也不要了，索取来的有什么意思，她要的是主动给予，男朋友继续道歉，但她更加来劲，非要分手。

在纠缠了4个小时以后，男朋友默默地答应了她分手的提议，当时她下不来台，两人就这样分了手。

如今快半个月过去了，男朋友，哦不，应该是前男友，音讯全无，而她早就被相思煎熬得人比黄花瘦了，问我怎么样才能挽回这段感情，只要可以挽回前男友，叫她做什么都行。

我突然想到一句话：不作死，就不会死。

另一个姑娘，作得更厉害。

她是这样对我说的：晚情姐，一个月前，我和老公离了婚，我不是真心想离婚的，当时就是一时冲动。现在我想跟他复婚，可是暗示了好几次，他完全没有反应，我不知道怎么办才好，你能给我出个主意吗？

我只想对她说：婚哪是你想离就离、想复就复的啊，既然不想离婚，为什么要这么冲动呢？这不是"作"死的节奏吗？

其实，我还真没什么资格去评价别的姑娘"作"这个问题。早在大学时代，我的室友甜心就对我说过一句话："都说上海女孩子作，我觉得你已经彻底超越我们了，以后有的是苦头吃。"

我不以为然，觉得女孩子哪有不作的，作的女孩子多可爱，多娇媚，多招人疼啊！女孩子要作一点才有地位嘛！

认识先生后，我本色出演，该作就作，毫不含糊，先生属于脾气特别好的那种，一作一个准，每次都退让包容。

但是，终于有一次，我自食其果，被我"作"到了分手的地步，和很多姑娘一样，当他无奈地答应我分手的要求后，我傻眼了，又下不来台，眼睁睁地看着他离去。

然后，一把鼻涕一把泪地去找我的好闺密当当，这家伙听我说完经过之后，只送给了我两个字——活该！

我抽着纸巾问她怎么办。这家伙还算有良心，说之前他那么包容你，不可能说不爱就不爱了，这次估计就是想惩罚你一下，看你还作不作。

我听她这么一说，立刻化伤心为愤怒："岂有此理，他竟敢这么对我，看我不整死他。"

当当白了我一眼："我告诉你，虽然我不认为这一次他真的想跟你分手，但是你再作下去，我保证迟早有一天他一定会跟你分手，到时候你也别到我这里来哭，因为我不会同情一个自己作死的人，如果你还想跟他继续下去，你就好好去反省一下。"

我听进去了，收拾行囊，带了几本书，自己找了个地方去反省。十天之后，我回来了，很诚恳地跟他道了歉，这家伙起初不信，认为我肯定是权宜之计。我只好低声下气地说："那你给我三个月时间，如果我真的改了，我们就彻底和好，如果我还是老样子，你再跟我分手也不迟，反正你真的要分手，我也没办法绑住你。"

当时跟他作，其实就是为了让他更加重视我，让我自己更加有地位，结果我自作自受。用当当的话说就是：你作就是希望他更加对你百依百顺，结果呢？自己提分手，自己再去和好，比原来更没地位。

先生见我如此低头，也没坚持，答应以三个月为限。那三个月里，我绝对是无比通情达理、痛改前非，他也不像以前那样对我百依百顺，合理就依我，不合理就拒绝我。

好在他是个成熟的人，没有因此觉得奴隶变将军，过了一段时间，见我真的改了，还是像以前那样疼我，但我若还像以前那样"作"，他是绝对不会再允许了。

后来有一次，他跟我袒露心声："其实那一次，我并没有真的想跟你分手，只想彼此冷静一下，过几天我还是会来找你的，但是，我还是得说，幸亏你及时改变了，否则这次不分，总有一天还是要分的。"

我相信他说的完全是实话。

很多姑娘，包括我自己，总觉得对方无条件地迁就包容我们才是真爱，所以尽情地作，尽情地闹，看到对方一次次地妥协，我们心满意足，觉得对方离开我们就活不下去，无论我们怎样，他们永远都不会离开。殊不知，对方的耐心正在一点点消失，当对方的耐心耗尽，便是无可挽回之时。

在慢慢成熟后，我才渐渐明白：女人的地位从来不是通过"作"得来的，真正的地位是靠自己的修养、学识、能力、待人接物等慢慢积累的。当你博学多才的时候，男人会眼睛一亮；当你大方得体的时候，男人会与有荣焉；当你能力卓绝时，男人会不敢小觑；当你通情达理时，男人会暗自庆幸。

　　亲爱的姑娘，只有爱我们的人，才会包容我们的"作"，但爱不应该成为要挟对方的理由，更不是拿捏对方的武器。如果有人愿意包容我们的任性、小性子，我们回报对方的应该是更好的自己。因为，能遇到一个肯包容我们的男人是不容易的，要珍惜，要知足，而不是去挑战他的耐心和底线。

　　小作怡情，大作伤身，偶尔撒个娇、嗷个嘴那是风情，但天天作，蛮不讲理、刁蛮任性，那就面目可憎了。

　　我相信，聪明的姑娘都懂得如何把握这个度。

什么样的男人，值得你用一生回报

我的体质极其畏寒，每到冬天便喜欢去我们这里的休闲会所，先美美地泡一会儿澡，再换上睡袍找一个安静的角落开始写作，往往一待就是大半天。久而久之，就和休闲会所的老板娘熟悉起来。

前两天，特别冷，我拎起电脑又准备转移，由于天气的影响，觉得浑身都很酸，就叫了推拿。

推拿的大姐也是老熟人了，一边推一边和我闲聊，语气充满伤感："我好像给你推拿了有六七年了，不知道这是不是最后一次。"

我一愣，问她是不是要辞职回老家。她说不是，可能以后要去别的地方了。我问她，好端端的怎么突然要换地方？

她叹了口气说："干不下去了啊！不知道下次你来，这里还开不开。"

我越发不解，按往年情况来看，过年一般是生意最好的阶段，哪有关门的道理？

大姐见我毫不知情，说："这里要卖掉了！据说卖了以后要改成酒店。"

这一惊非同小可，这里是全市生意最好的会所了，就在前几个月，我还听老板娘说，打算把旁边那幢楼也买下，可是价钱还没谈拢，我忙问她怎么回事。

大姐也没卖关子，把她知道的原原本本告诉了我。

她说前段时间她就听到风声了，不知道是不是谣传，但现在基本上已经确认了，前几天新的买家都来看过了。

大姐说，老板娘的老公也是开公司的，之前帮朋友贷款时做了担保，可现在时间到了，那朋友却已经逃到国外了，这贷款就落到他头上了。具体金额大姐也不确定，有人说是五千万，有人说是八千万，总之就是一笔很大金额的贷款，这几年大环境不好，老板娘老公的公司本来就不太好了，加上这件事，已经经营不下去了，可即使这样，也解决不了这个大窟窿。

大姐感慨地说："我们老板娘真的是有情有义啊！她竟然连骂都没骂老公，就打算把这个经营了十几年的会所卖掉，帮老公一起承担这笔贷款。"

我的眼前突然浮现出那张清秀温和的脸，我从毕业后回来就认识了她。当时这里只是一个又小又不起眼的地方，但是服务好，消费合理，和我当时的消费能力非常匹配，尤其是因为老板娘是个非常有文化底蕴的人，这里的经营从来不流于低俗。当时生意也很一般，那时候的人不像现在的人那么舍得享受，我是亲眼看着这里的生意慢慢地好起来，一步步扩大，直到今天这个规模。

我很清楚这个会所凝聚了她十几年的青春和心血，说是她的孩子都不为过，正是因为她极其用心地打理，才会有今天的人来人往。

我问大姐老板娘人呢。大姐茫然地摇摇头说不知道，已经好几天没看见她过来了。

我心里怅然若失，那一天的写作一直心不在焉，旁边也不时有人议论，这里即将变卖，看来很多人都知道了。

也许是对这里有十年的感情，之后几天，我去得比较频繁，就在前天，我换完衣服打算回家时，竟然在门口看见了老板娘。

她并没有很憔悴，脸上依然是温和的笑容，看见我笑着问了一句："有空吗？到我办公室来坐坐？"

我点点头，又折了回去。

她充满感情地打量着这间办公室："这几天我就想着不知道你会不会过来，你们是这里最老的客人了，我总想跟你们打声招呼。"

听她这么一说，我也非常伤感，问她外面那些传言是真的吗。

她点点头，我忍不住问："这里是你的心血，你真舍得卖掉吗？还有没有其他办法？"

她笑着摇摇头，神情淡然："能想的办法都已经想过了，现在我们遇到这么大的危机，银行也不会贷款给我们，除了卖掉会所，我想不出其他办法。"

我还是不死心："一定要卖吗？你老公什么态度？"

在我心里，毕竟这么大的娄子都是他捅出来的，要妻子卖掉十几年的心血帮他偿还债务，我还是为她觉得可惜。

她说："他是不让我卖的，甚至提出和我离婚，所有的事情就都和我无关了，但我坚决不肯。我确实很舍不得这里，但是，如果没有他，其实也没有我的今天。钱没有了，事业没有了，总还有希望，但人没了，感情没了，那就什么都没了。"

接着，她跟我讲起了他们当初的故事。

她嫁给他的时候，他已经事业有成，也有着很不错的人脉圈子。那时候，她只是一个外来妹子，在他的手下打工，很多人都说她是图了他的钱，根本不是真心的。可是他从来没听进去一星半点，隆重地娶她为妻。

结婚后，他完全可以提供给她富足的生活，可是她不想过依靠男人为生的日子，提出想自己干点事情。依然有很多人对他说：这个女人太不安分，心太大了，你要防着啊！

可是他还是什么都没听进去，把自己的私人存款都给了她，说："公司的钱我不能轻易去动，这里的钱是我个人的，你想怎么用就怎么用。"

当时，她感动至极。从老家出来，辗转到浙江打工，吃过很多苦，遭过很多冷眼，她的要求不高：有一份能够养活自己的工作就好，有一个不太差劲的老公就好。可是，没有想到，她可以拥有这么多，那一刻，她就决定：你疼我入骨，我必事你以君王。

结婚之初，婆婆看不起外来的媳妇，是这个男人对她的疼爱和尊重，为她赢得了家里的地位；事业之初，她无法兼顾家庭和工作，是这个男人宽容地为她解了围，一路支持她走到了现在。是这个男人手把手地教她，用自己打下的人脉将她托到如今的高度。这个男人用自己的财富、精力、爱意，成就了她的人生。

她很坚决地说："别说是卖掉这个会所，就算是要我的命，我都舍得给出去。他对我的好，我这一辈子都无法回报，能够和他同甘共苦，我觉得很幸福。虽然，我真的很舍不得这个会所，但是只要我们在一起，总有一天，我们会东山再起的。即使不能，我也愿意和他粗茶淡饭过一辈子。"

幸福是什么？是大难临头依然有人含笑握住你的手，告诉你：无论发生什么，我都愿意和你共同面对；是即使光芒不再，繁花落尽，却依然有人陪你一世清贫；是你许我一世情深，我还你不离不弃。

回去的路上，寒风越加刺骨，我想起她对我说的最后几句话：很多人觉得我傻，他已经一无所有了，我还要拿毕生心血去和他共同承担。其实我不傻，他对我足够好，我才愿意牺牲一切去陪他。如果他对我不好，此刻我一定独善己身。

　　我的脑海里，突然闪过这样两句话：疼我入骨者，我事之以君王；轻我若尘者，我弃之以敝屣。

姑娘，你的世界足够大吗？

先讲个故事吧，是一个旧同事的，前两天，她的豪华新家落成，邀请大家去喝暖屋酒。言语里，是满满的喜悦和自豪，与从前判若两人。曾经她和婆婆在一起痛苦得想离婚，但如今，她已经是家里的一家之主，公公婆婆全部哄着她，围着她转。她的生活，绝对是部励志剧。

我与她认识之时，其实她早已离开公司。关于她之前的故事，我是陆续从其他同事口中听说的。

在公司时，她便给自己定下了一个目标，一定要找一个有钱的男人。当时她还年轻，没什么心眼，有什么想法都直白地说出来，所以人人都知道她想找个有钱人，也因此，很多姑娘对她都很有看法。其实希望未来的老公有钱，是很多姑娘内心都渴望的，谁也不希望自己未来挨饿受冻，但这个社会要求女人要含蓄，于是，她傻傻地给自己树立了无数敌人，总之我在公司时，基本上没听到过关于她的正面评价。

后来，她遇见过几个有钱男人，但最终都没修成正果，于是，她更成了很多人嘲笑的对象：也不掂量一下自己几斤几两，有钱男人是那么好找的吗？

最后，她找了一个不算很有钱，但也资产颇丰的男人，勉强算是一个富二代吧！

结婚后，她就辞职了。谁都知道，富二代不是那么好嫁的，除非能得到公婆的欢心，真正的财产和话语权从来不在富二代老公手里。

而她，学历一般，长相也一般，公婆一直觉得她高攀了自己家，平时总没一个好脸色。无论她做什么，公婆都要挑刺，不是嫌她品位不好，就是嫌她做事不够大气。

她出身普通，知道有钱人家事儿多，只得慢慢忍着，两年后，她生了一个女儿，但公婆盼望的是孙子，对她更是没有好脸色。很多人都嘲笑她的不自量力，也许找个家境差一点的男人，根本不用受这种罪，可能公婆还倒过来讨好媳妇呢！我也是在这个时候认识她的。

可以说，在认识她的时候，我对她的事已经听说很多，但不知道为什么，当我看见她的那一刻，我不讨厌她，有的只是满满的心疼：一个女孩子想嫁得好一点，想过得好一点有什么错呢？

她又没妨碍什么人，所以，我对她毫无偏见。

后来，听她说起想离婚，因为过得实在太压抑，天天看公婆的脸色，在家谨小慎微地生活着，实在是透不过气来。她感慨道：也许我真的命该如此。

我只问了她一句：你甘心吗？她长久沉默，再无后话。

后来，据说她公婆年纪大了，想把家里的公司交给儿子打理，但儿子接手后，业绩急剧下滑，几乎是做什么亏什么，公婆着急上火，立刻病倒了。

在这个关键时刻，她在医院对婆婆说："妈，如果你信得过我，就让我试试吧！"

婆婆有气无力地看着她，眼里是狐疑和轻蔑："你？"

她有理有据地说："您就他一个儿子，这段时间下来您也看到了，他不懂管理公司，他也很苦恼，经常跟我说他对管理公司既没兴趣，也没能力，如果再让他管下去，这个公司必倒无疑，我知道我不得您欢心，可要用人时，靠得住的还是家里人。"

婆婆考虑了两天，答应了她，在当时，也没有第二个人选。

她老公知道她要代替他管理公司，也乐得清闲，在后方配合支持她。她先把老公失去的那些订单一个个找出来，分析研究后，再一一上门拜访，她是个不达目的绝不罢休的人，软硬兼施，从以前的情分到以后的发展，愣是用一年时间把这些失去的订单再一个个签了回来，还利用其他新开拓的人脉发展了不少新订单。

　　大概两年后，公司的业绩就超过了公婆管理时的鼎盛时期，婆婆这时候才开始相信她的能力。

　　三年后，她为公司开辟了海外业务，这时候，公婆也不得不承认，她比自己的儿子能干，也比自己能干。这时候她又怀孕了，她没有放弃公司，一边养胎，一边刻苦钻研业务。十个月后，她生下了儿子，并成立了另外一家新公司，专门负责海外的业务，在这之前，她每天都学习英语。

　　公婆不再轻视她，甚至无法不倚重她，到后来公婆干脆把公司全部交给她打理，专心在家里带孙子孙女。

　　当时婆婆把大权交给她时，内心确实有过担心，毕竟曾经对她很差。但她大权在握的时候，并没有记恨公婆曾经对她的苛刻。有一次聊天时，她说：虽然他们以前确实对我不好，但我有现在的成就，毕竟底子是他们打下的。

　　当时我突然就有一种肯定：她会越做越好，能够放下不快，能记住别人的好，这是一种大气，而大气的人必然会干出大事。

　　公婆退休后，她把公婆的生活安排得妥妥当当，无论是在物质上还是在精神上。公婆有事不再找儿子，而是直接找她，以至到了现在，公婆经常对儿子说："你还没有××对我们好呢，她像我们的女儿，你就像一个女婿。"

　　她老公也不计较，毕竟以前婆媳关系恶劣时，他也很郁闷，对于现在的局面他乐见其成。这个男人，从能力上而言，确实很一般，但好在他也没什么野心，更不介意媳妇比自己能干，所以两人相安无事。

正宴结束后，她把几个私交甚笃的朋友请到茶室里继续喝茶聊天。说实话，她落魄的时候，我并没有见到多少，但是如今的她，自信优雅，我却是看得真真切切的。她说，明年想开拓欧美的业务，希望等到儿女接手时，这个公司已经是响当当的企业了。我笑看着她说："必须的，你一定会做到。"

离开她家时，外面寒风刺骨，我心里却热血沸腾，为她的华丽转变，也为她的远大抱负。先生对我说："这个女人不简单。"

我含笑点点头："对，她不简单，其实每个女人都可以不简单。"

很多姑娘天天纠结于一个男人各种不好，可是放不下他怎么办？婆婆特别难缠，怎么才能搞定她？这个世界诱惑太多，如何才能看住身边的男人？

可是亲爱的，我们必须承认，其实我们改变不了别人，我们唯一能改变的只有自己，唯一能听从我们指令的，也只有自己而已。有人说，男人的世界很大，可是我想说，只要我们愿意、我们努力，我们的世界也可以很大。

你的世界小了，你才会纠结各种没有意义的小事；你的世界小了，你才会老是想着改变别人来符合你的期望；你的世界小了，你才会活得没有安全感。

当你从情情爱爱抽身看世界的时候，你会发现天地无限宽广；当你撇开别人的指指点点，抬头看远方时，你会发现前路景色怡人；当你不再把自己的人生依附于别人身上时，你会发现自己无限强大；当你的世界足够大时，你会觉得人生尽在掌控之中。

成年人的最高生存法则：不轻易给别人添麻烦

每次过年，我们闺密团都要好好聚一次，我们的口号是"忘记老公，放生孩子"。有老公的让老公自己去玩，有孩子的把孩子早早托管，然后，找一个环境设施很好的度假酒店，订一个大大的套房，一起吃吃饭，做做SPA，聊聊这一年来的心得和感悟。

今年也不例外，吃饱喝足开启聊天模式，我大声宣布一件事："我这辈子都不会找你们借钱，如果你们要是收到我的借钱信息，那么只有一种可能，我被盗号了。"

我想了想，觉得这话太绝对了，又补充道："我找你们借钱，只有一种可能，我遇到性命攸关的事了，比如我老公被绑架了，短时间内我需要很多赎金，其他任何情况，我都想不出要找你们借钱的理由。如果生意缺钱，我可以拿房产抵押，银行大门永远都朝我开着，如果得了什么绝症，应该也不至于需要借钱。"

当当白了我一眼："放心，我们不会借钱给你的。"

很多人看了我们这样的对话，可能觉得你们的感情也不过如此，但事实是怎么样的呢？

当时我投资做翡翠时，只因为兴趣，对于结果如何，我也没有必胜的把握。但也许是时运不错，从开张第一个月就生意兴隆。我毫不掩饰我的高兴，我家人都劝我，做人要低调，别给自己树敌；先生也劝我：别跟你的闺密们说你生意如何如何好，毕竟你们当中有的人身家过千万，有的还在打工，你一下子干成了，容易让别人心理失衡。

我听了他们的话。那时候我们聚会，由于我是第一次做生意，大家都很关心我的进展，当她们问我生意如何时，我保留地说："还可以，不亏就是了。"有时候甚至开玩笑说："行情不好啊，下次去进货的钱都不知道在哪呢！"

当时我没有在意，觉得这样做是照顾大家的感受。

可是第二天，我还在床上睡得迷迷糊糊时，手机突然进来一条短信，我拿起一看，提示有人给我汇款，当时以为在做梦，放下手机继续睡，过了一会儿，又进来一条短信，还是提示有人给我汇款，我打电话给先生，问他有没有转钱给我，他说没有。

那天上午，连续有三笔汇款，当时觉得特邪门，怎么会有那么多人给我汇钱呢，就算是出版社给稿费，也不会一上午给三次啊！

为了查清楚来源，我一骨碌爬起来打开电脑，才知道原来是我三个闺密给我汇的钱（云意轩刚开张时，她们人手一件翡翠，所以很清楚我的卡号）。

当时我的感觉真的太复杂了。有感动，要知道一个人无条件地用金钱支持你，那一定是真爱；有羞愧，我竟然有所隐瞒，竟然没有完全信任；有内疚，当时我在心里发誓：未来如果她们有需要，要我赴汤蹈火，也在所不辞。

我想了想，决定坦白，请她们吃饭赔罪，告诉她们我当时的心理活动，虽然她们差点联合起来揍我（打是亲，骂是爱嘛！），但我心里特高兴，我知道经过这一次，我们彼此的情谊估计这辈子也很难改变了。

曾经有一位姑娘愤愤不平地对我说，原本她想全款买房子，就找她一位比较有钱的朋友借钱，结果那位朋友竟然说最近手头紧，没有借给她，害得她只能贷款买房子，要多付很多利息。当时我听了很无语，每个人都有自己的困难，又不是随时准备着一堆钱，就等着别人来借，你的朋友虽然有钱，但也许她老公不同意，也许她真的没有余钱借给你，又或者什么情况都不是，仅仅只是不想借钱而已。值得你如此耿耿于怀，怨恨不已吗？

所以我对她说，贷款买房子也没什么不好啊，这世上最难还的是人情。

她表示完全不同意我的说法，因为她觉得朋友没借钱，使她损失了很多利息。我说："你有没有想过，你朋友估计也不会在家里放大笔现金，她的钱很有可能也是存在银行里，或者买了什么理财产品，也是有收益的，你找她借钱是为了避免自己支付利息，但她要为你的利益舍弃自己的利益，你这样不是侵害她的正当利益吗？"

这姑娘最后留给我一句"那你永远别找人借钱"，就愤怒地走了。

望着她的背影，我摇头叹息。

真正的朋友是什么样的呢？作为你的朋友，即使我有困难，我也不会轻易向你开口，因为我怕你会为难，我怕给你带来麻烦，尤其当你已不是单身时，我更需要为你着想，我所请之事，也许会令你在老公那里为难，也许令你在整个家庭为难，所以不是性命攸关的事，我绝不向你开口。可是作为另一方又是怎么样的呢？我知道你不是喜欢麻烦我的人，我知道你怕我为难，可是当我知道你有困难时，我怎能袖手旁观？除非我不知道，一旦我知道，必然竭尽所能帮你。真正的友谊一定发生在两个高情商的人之间。

我们活在这个世界上，谁都不是遗世独立，谁都有需要别人帮助的时候。但请想一想：你每次遇到的麻烦是非别人帮忙不可的，还是自己努力一把就能解决的？要知道，谁的耐心都是有限的，谁的相助之心都不是永远的。当你在可有可无时，把这些情分都用完了，那么在你真正遇到无法解决之事时，别人的耐心早就用完了，这时候，你再控诉别人无情冷漠，估计也只有你自己这么想了。

我自己出生在小县城里，从小就见多了借钱求人帮忙的场面。有些人，什么大事小情都发动身边的人，殊不知，其他人早就怨言满天，恨不能和他一毛钱关系都没有；有些人，习惯性找人借钱，殊不知，身边的人早就厌恶他到了极点，恨不能绕道走，而那些人却不自知，逢人便控诉谁没有帮自己，整天愤愤不平，觉得谁都对不起自己。

另外，你会发现，生活中很少麻烦别人的人，他的人生往往比喜欢麻烦别人的人来得更顺遂、更如意。仔细一想，其实也不难理解，一是因为这些人都懂得为别人着想，这种特质为他积累了很好的人缘和信誉；二是因为这些人遇到问题首先是自己想办法解决，而他所想的办法往往不是让别人替自己解决，而是通过自己的努力去解决这个问题，在这一过程中，他的能力得到锻炼，并大大提升，于是他的人生也越来越顺利。反而那些动辄求帮助求支持的人，早早就透支完人生中的各种情谊，让自己的人生越来越窄。

做一个别轻易麻烦别人的人吧！你会发现，你的人缘变好了，你的心态更阳光了。生活中其实没有那么多事情需要别人帮忙，成年人的世界里，讲究不给别人添麻烦。

令你为难的事，越早拒绝越好

年前我和先生宴请我娘家人，席间一位亲戚问我新买的房子装修好了没，什么时候请大家去看看。我说有些细节没弄好，还没搬进去呢！

我妈想也不想地接口道："快好了，我去过，数了数房间有十几个呢，等她弄好，你就带着孩子过去玩，晚上就睡在那儿。"

先生一听，顿时愣了，一脸惊恐地看着我。

我压抑住心里的怒气，笑得很温和，但语气是不容商量的坚决："我们家从来没有留宿客人的习惯，一般有客人来就住隔壁的喜来登酒店，走过去不到五分钟。"

于是，换我妈的脸色变得很难看了，我没有理她。这种事情已经不是第一次，我早已再三表明：在我们家，必然是我和先生做主，任何人想越过我们做我们的主，我绝不可能答应。

回到酒店，先生担心地问我，我妈会不会生气。我反问他："那你愿意以后我们家变成招待所？"

先生说那当然不愿意了，想想都觉得恐怖。

在当时的场合下，我若不吭声，那就是默许，代价就是以后的生活和自由都被严重破坏，直到我自己再也不愿承受为止。迟早要拒绝的事，不如一开始就说清楚。

我的大姑姑，便是最好的前车之鉴。

二十世纪八十年代时，我出生的小县城基本上没什么人种地了，大多数人或者上班或者自己开始做小生意，但在风俗上，其实更接近农村。

我大姑姑属于吃苦耐劳、头脑灵活的人，我在七岁时，她就在市中心买了一套商品房，全家都搬到市里去住了。当时周围好多人都羡慕她，因为她家是我们那里第一个买商品房的人。

但是，麻烦随之而来，几乎所有亲戚以及平时关系比较好的邻居都把她家当成了据点。当时，大家去市里逛街，中饭肯定去她那里吃，遇到生病、高考或者其他事，就会自然而然地留宿，在我的印象中，她家的次卧，基本上隔三岔五就会有人来睡，小我四岁的表弟，永远只能跟着父母睡在主卧里。

那时候，也是我大姑姑事业最忙的时候，每天一大早就要过去看店，晚上也要忙到很晚，记忆中，她家很少开伙，都是在外面买快餐解决的，因为没时间做饭。

但每次有人来时，这个规律就要被打破，总不能叫客人吃快餐吧，于是，买菜、做饭。那时候还不是很流行去饭馆，何况来客的频率太高，这也是一笔不小的开支，我姑姑舍不得。但凡自己的生意从小做到大的人，都舍不得这样花钱，时间长了，我姑姑自然不乐意了，有客人来，她都会想尽办法推托，不是说要去进货，就是说自己病了，但这样的借口也无法常用，所以她还是得继续招待亲戚朋友。但心里有了抵触，便不可能再有太多的热情，往往就是不得已应付一下，也绝不会很热情真诚地挽留客人吃下一顿饭或者留宿，于是，那些亲戚对她渐渐就有了意见。

在她没结婚时，她几乎每天都和我在一起，那时候我只有几岁，我的数学和诗词几乎都是她未嫁时教的。每到暑假，她就会来接我过去住，因为我去了，她就有借口告诉其他亲戚：我侄女在，家里住不下了。

也是那段时间，我亲眼看着她每天有多忙、有多累，有时候几乎连喝水的时间都没有，我也是跟着她吃快餐的。没人的时候，她就会跟我抱怨："你看见姑姑有多忙了吧？他们总觉得我天天都闲着，就等着他们来，不是今天这个来，就是明天那个来，我真的快烦死了。"

而我平时大部分时间住在小县城里，所以那些亲戚和邻居的反应，自然听得更多。我不止一次听到他们对我说："你姑姑这个人太自私，太顾己，你长大了可千万别像她哦。"

也经常听见亲戚们聚会时，毫无顾忌地谴责她："前几天我儿子生病，我住在阿凤（大姑姑的名字）家里了，他们两口子都不太热情，话也不多，说实话，要不是我儿子生病，就算请我去，我都不愿意去呢！"

另一个接口道："上次我去逛街，中饭也在她家吃的，她也没说吃完晚饭再走，我就自己回来了，阿凤他们家确实不太热情，尤其她老公，闷不吭声的，让人觉得很不舒服。"

然后会有人总结："哎呀，你们呀，人家现在是城里人，是老板，忙着赚钱，忙着和有钱人打交道呢，我们这些穷亲戚人家哪看在眼里啊，今天你要是市长局长的过去，保证人家无比热情地招待你。"

当时我年纪虽小，但永远不会忘记他们的表情。有时候，我看不过去，会说："既然你们这么不满，那就别去了啊！"

但，他们不满是一回事，不去打扰那是不可能的。我妈警告我别胡说八道，因为连她对大姑姑也很不满，觉得她照顾娘家人太少了。

小时候的我，从不两边传话，但我会在大姑姑抱怨时，对她说："那你就索性不管啊，管自己就好了。"

她会看我一眼，郁闷地说："怎么不管？又不能断绝往来。"

所以，她一边不满，一边继续做着自己不愿意做的事；而亲戚们，一边不满，一边继续打扰着她。二十年下来，她视对方为累赘，而对方也视她为无情无义之人。

那时我就在想，如果是我，我会怎么做？我妈也问过我这个问题，我很干脆地说："我会在一开始就拒绝。"

当时她很生气地说："你也是个断六亲的人，和你大姑姑一样。"

我冷笑一声："我就是真断了六亲，你们又能奈我何？我可不想像大姑姑，一边抱怨一边继续，我不会抱怨，但我绝不允许别人打扰我的生活。"

我很清楚，当时大姑姑不敢拒绝是因为怕亲戚们的不满和指责，所以即使她再不愿意，也强迫自己去做，但结果是相互嫌弃。如果她现在开始拒绝会怎么样呢？结局不外乎如此：让原先对她不满的人，更加不满。可以说，她这二十几年来的周旋，除了得到不满外，什么都没有。但如果她在最初就拒绝的话，和亲戚们的关系并不会比现在差，而且，她能保住自己的生活。

饭局结束的第二天，她打电话给我："还是你有魄力，敢当面就拒绝，你就不怕她们说你？"

我笑得无比爽朗："以你对我的了解，你觉得我会在意吗？"

电话那头，她久久没有言语，不知道是否在想这二十年来的点点滴滴。

前几天，有位四十五岁的读者给我讲了她的故事。

她说父母从小就管她很严，非常强势，后来，她考上重点大学，毕业后进入外企，收入不错。一年后，就遇到了一个各方面条件都不错的男人，顺利恋爱结婚。由于老公的收入更高，两人按揭买了一幢别墅，日子充满希望。

但自从他们买了别墅后，父母就很想搬来一起住，她不敢拒绝，她老公不好意思拒绝，于是，她爸妈就住下了。

这一住，就是十年，由于她爸妈强势惯了，自从搬到她家后，这个家的主人就变成了他们，他们夫妻的行为必须符合他们的要求，比如大夏天不准开空调，因为老人不怕热。家里的大小事情都必须由他们做主，包括孩子的教育、家庭财产的开支。

她老公非常郁闷，几次提出希望她父母搬走，但她不敢跟父母提，一直拖着。她父母见女婿不像以前热情，对他也很有意见，家里一直充满了冷暴力。在第七年的时候，她老公很严肃地提出，希望她父母搬回自己家，否则婚姻不保。她试探着跟父母提了一下，结果被骂得狗血淋头，大骂她忘恩负义，抛弃自己的父母，并且以最快的速度把老家的房子卖了，向她表明：现在我们没房子住了，如果你要让我们流落街头，你就看着办吧！

到了这个地步，她自然不能再要求父母搬走，只能安抚老公，但家里的氛围越来越冰。

在第十年时，她老公非常坚决地提出离婚，表示什么都不要，只求离婚。她大惊，拼命挽回，表示只要老公不离婚，她一定送走父母。她老公说太迟了，就算你现在送走了，我们的感情也回不去了。这些年，我心里已经积累了太多的怨气，以后的日子，我想过得舒心一点。

不管她如何挽回，对方都坚决离婚，并说如果三年前，你就肯解决这个问题，我们的婚姻还有救，现在已经太迟了。

男人离婚的决心无比坚定，她不得已离了婚。平心而论，她也清楚这些年，老公实在受了太多的委屈，连自己赚的钱如何花，都要被她父母干涉，能忍十年，已经不是一般男人能够做到的了。

离婚后，她父母对男人破口大骂，她悲愤不已："如果不是你们，我们会走到今天吗？"

她妈甩了她一耳光，对她大骂："你个没脑子的东西，跟你离婚的是他，只有我们才不会抛弃你。"

她对父母充满了怨恨，三人大吵一场，父母一气之下搬到酒店去住了。

她问我，她到底做错了什么，为什么会落到两边都不讨好的下场？

这世上，有很多人认为：只要拒绝了父母的要求，就是不孝，从来不去辨别父母的要求是否合理；也有很多人认为：只要拒绝了朋友的要求，就是不讲情谊，从来不去思考这个要求是否超出了自己的能力范围。于是，违心地答应，逼自己去履行，牺牲了自己的生活，消磨了自己的耐心，原本想维护的关系不但没有因此保住，反而快速消亡。任何一种关系的维系，一定是你情我愿，相互体谅，所有勉强自己的行为，都坚持不了太久。

请记住：会令你为难的人，本身也不见得有多在乎你，如果一件事，一开始就令你不舒服，那么，越早拒绝越好，拖到必须解决的那一刻，也许你就只能断尾求生了。

这世界上，没什么事是应该的

1

我认识一位漂亮姑娘，非常热衷于打扮，每次出门前必然会花两小时精心装扮自己，不得不说，一位漂亮精致的美人儿，真的是一道优美的风景线。

后来，姑娘恋爱了，男友也非常优秀，姑娘更希望把最美的一面展现给男友。每次约会之前，必然从头到脚收拾一遍，再三揽镜自照，才会施施然出门。于是，每次约会基本都迟到，但姑娘不以为意，认为女孩子应该矜持，让男人多等一等，他会更觉得自己珍贵。

一开始她迟到，男友并没有说什么，次数多了，便委婉地提醒她应该有点时间观念，要尊重别人的时间。

但姑娘并未上心，撒娇道："你是人家的男朋友嘛，等一等怎么啦？"

姑娘依然我行我素，终于有一次，她整整迟到了两小时，当她赶到约定地点时，男友只跟她说了三个字："分手吧！"

姑娘不肯，但她依然没有意识到自己的问题："我只不过是迟到了两小时，又不是犯了什么原则性的错误，干吗分手这么严重，有哪个男朋友没有等过女朋友？男人等女人，不是天经地义的吗？"

男友见她毫无歉意，头也不回地走了。姑娘找我评理，内心不舍，却坚持认为自己没错。

我说："当你第一次迟到时，你应该说的话是'对不起，让你久等了，下次我会注意的'，而不是'男人等女人是天经地义的'，这句话应该是他接受你的道歉后的谦辞，而不是你理直气壮的依仗。"

2

一位姑娘，结婚前是个活泼爱笑的姑娘，结婚后换了工作，薪水待遇都比从前高不少，可她和新环境格格不入，和新同事新领导也无法融洽相处，于是，渐渐变成了一个爱抱怨的女人。

丈夫提议她如果不喜欢就换个环境，但她舍不得那份待遇，不肯换。

每天，她都唉声叹气地去上班，下班回来后就跟丈夫抱怨公司里的领导有多弱智，多无情；同事有多虚伪，多喜欢钩心斗角；自己待在那里有多难受，多闹心。

起初，丈夫安慰她，叫她调整心态，但她却越来越喜欢抱怨。每次回家，挂在嘴边的都是公司里那些闹心的事。渐渐地，丈夫不再搭腔了，任由她一个人说个够。

她开始不满，嫌丈夫不如一开始热情，现在就像个木头人，对她也越来越冷漠了。被逼无奈时，丈夫回应说希望她回到以前阳光活泼的样子，她勃然大怒，说你以为我喜欢现在这样吗？我心情不好怎么阳光活泼？那领导尸位素餐一直压在我头上，我怎么高兴得起来？那些同事虚伪恶心，我怎么跟他们相处？

于是，丈夫更加沉默，很多时候，她一个人喋喋不休地说两个小时，丈夫一脸冷漠地看着电视。她希望他有反应，所以不断地吵，不断地闹，最后，丈夫没有朝着她的预期转变，而是很冷静地向她提出离婚。

她从来没有想过要离婚，怒不可遏，逼问丈夫是否移情别恋。对方冷静地说："不管你信不信，我没有别人，但我不想再跟一个怨妇生活在一起。"

她哭着说："我知道你们都不喜欢我，公司领导讨厌我，同事也不喜欢我，可你是我老公啊，我难受，我有气，除了朝你发，还能朝谁发呢？夫妻不就是要相互包容的吗？"

丈夫一脸寒意，只冷冷地说了一句："所以我现在不想再做你老公了。"

　　她愤愤不平地向我咨询，控诉丈夫离她而去。我叹了口气说："你很清楚，朝领导发，领导会开除你，朝同事发，同事不会理你，所以你锁定了你老公，你觉得朝他发最没有后遗症，可是一次两次可以，谁也不愿意成年累月对着这样一个人。"

　　很多人在外面都是一团和气，然后把所有的情绪和抱怨带回家中，向家里的成员倾倒，认为家人有义务承受自己的坏脾气和垃圾情绪，但却忘了：没有任何一个人有这样的义务，包括你的父母。偶尔这样做了，你应该向他们道歉，他们接受你的道歉后，可以说我们是一家人，应该相互包容。这是他们原谅你后的谦辞，而不是你仗着亲密关系肆无忌惮的要求。

3

　　一个小伙子出身农村，大学毕业后进入一家公司，随后谈了一个城市女朋友，小伙子对城里的女孩很是迷恋，很快便开始谈婚论嫁。

　　女方提出要在市中心买一套不小于100平方米的房子。小伙子回家要求父母帮忙解决。父母皱着满是沧桑的眉头说：孩子啊，不是爹妈不肯，而是咱家实在没有这个能力啊！

　　小伙子回去跟女朋友一说，两人合计了一晚上，想出一个办法：让爹妈把家里的老地基和几间房子卖了，再把耕种的几亩地卖了，加上以前的积蓄，勉强够首付。并且已经给他们想好接下来的出路：让老爹到城里来看大门，一般都会提供住宿，让老娘到城里来当保姆，有工资还管吃住，以后就当城里人了。奈何老两口故土难离，不愿意卖住了一辈子的房子。

于是，小伙子和女朋友对二老非常不满，不时逼迫。

这姑娘在后台给我留言请我支招，去说服男朋友的父母，她在留言中写道："我真不明白他们，卖了房子以后住在城里多好，非要在那破地方待着。再说了，我们的要求也不过分啊，他们生了儿子，当然要负责给儿子娶亲，男方买房子是传统，是天经地义的事，以后我们生的孩子，难道不是他家的孙子吗？"

我忍住骂人的冲动回道："你们生的孩子，首先是你们自己的孩子，既然你是城里人，就别一口一个他家孙子他家孙子。从法律上而言，你男朋友已经活到成年，他父母的义务已经尽完，有能力帮帮你们是他们的爱子之心，没能力不管也无可厚非。你非要扯传统，那我就告诉你什么是传统。传统是讲究父母之命、媒妁之言的，他们只要一句话'我们不要这种儿媳妇'，你就得靠边站。"

即使到现在，依然有很多年轻人认为父母应该给自己买房买车，提供结婚所需的一切，理由是房价高，自己承担不起。这种事，父母有能力，愿意帮，你应该感激涕零，当你感激时，"你是我们的孩子，我们疼你是应该的"可以作为他们的谦辞，而不是你理直气壮地榨取父母的血汗钱。

4

有一对嫡亲的姐妹，姐姐成绩好，重点大学毕业后，进入一家规模很大的公司，妹妹成绩差，大学没考上，只能在一家小公司打杂。后来，姐姐的公司招聘，妹妹提出要进姐姐的公司，姐姐委婉地解释公司要求比较高，不是随便能进去的，妹妹满不在乎地说："你帮我想想办法不就进去了吗？"

姐姐很为难，告诉她自己没有这样的权力，为此，妹妹发动身边所有的亲人一起谴责姐姐："你是我姐姐，你混得比我好了，拉我一把不是天经地义的吗？你这人怎么这么自私，就管自己呢？"

其他亲人也站在妹妹这一边："你是怎么做姐姐的，妹妹需要帮助怎么可以袖手旁观，还有没有亲情？"

姐姐没办法满足妹妹的要求，又迫于亲情压力，只能把自己每个月30%的薪水拿出来贴补妹妹。后来，姐姐结婚后，贷款买了房子，又有了孩子，家庭压力倍增，老公和公婆对于她常年贴补妹妹非常不满，所以她希望妹妹能够自食其力，但最后，妹妹完全不愿意体谅，坚持认为做姐姐的照顾妹妹天经地义，亲姐妹终于反目成仇。

"照顾妹妹天经地义"，是妹妹过得不好，姐姐愿意资助后的自谦语，而不是妹妹仗着年纪小理直气壮的要求，否则再亲的关系都变了味。

这世上，没什么是应该的，无论是夫妻、父母、姐妹、朋友，所有的付出都是基于爱。你不欠任何人的，任何人也不欠你的。有了这种认知，你才不会提出无理要求而不脸红；有了这种认知，你

才不会在被拒绝后，怀恨在心；有了这种认知，你才会在得到帮助
后，心怀感恩；有了这种认知，你才不会将自己和他人的人生责任
混淆。

那男人好帅

我和当当去吃火锅，刚落座没多久，这家伙凑近我说："你左手边有个男人，长得超级帅哦，跟哪个明星长得很像呢？我一时想不起来了。"

我顺着她指的方向看去，过了一会儿，很鄙视地问她："你觉得他长得帅？"

当当没好气地撇撇嘴道："算我眼瞎，白长这一副好皮囊了，真是倒胃口。"

说心里话，从外表上而言，那个男人绝对称得上帅，五官棱角分明，比例协调，身材俊挺，打扮得也帅气，那些影视明星卸了妆后都未必有他好看。

他的对面坐着一个长相普通的女孩，从两人的言谈来看，应该是男女朋友关系。

女孩小心翼翼地问他要吃什么，男人很不耐烦地说你第一天认识我啊，还问我要吃什么。女孩不敢再问，默默地把菜点好，中间还是忍不住问了男人几句，都被对方以非常不耐烦的语气指责两句。

菜上来以后，女孩非常殷勤地为男人涮着，男人吃了一口牛肉，很不高兴地说："你涮的时间太长了，这牛肉都有点老了。"女孩连忙道歉，一边把他盘子里的牛肉夹到自己盘子里，一边哄他："对不起对不起，这些我来吃，我再给你弄。"

当女孩第二次把涮好的牛肉放到对方盘子里后，男人吃了一口，更加不高兴："这还没熟呢，你当我是野人啊？"

女孩继续道歉，忙不迭地重新弄，嘴里说着"我错了，你别生气嘛"。

男人白了她一眼，嘀咕一句："我怎么找了你这么笨的女朋友，带出去都丢人。"

女孩很可怜地看着他："我知道我比较笨，长得也不好看，可是我真的很爱你啊！我有哪里做得不好的，我一定会改，你别生气。"

大概我们带着谴责的目光太执着，男人转头看到了我们，没有再说什么，但脸色阴沉得可以。

过了一会儿，女孩讨好地说："马上就情人节了，上次你说想要一个iPhone 7 Plus，我送给你好不好？"

男人的脸色这才好看了些，面无表情地点点头。女孩却已经像得到鼓励一样笑开了花。男人又加了一句："我这个月开销大，可没钱给你买礼物哦。"

女孩连忙体贴地说没关系没关系，自己不在乎那些。

我和当当看得特别堵心，当当摇摇头说："又一个被外表所骗，为爱昏头的傻妞。"

我戏谑道："你怎么知道人家是被外表所骗呢？"

当当优雅地翻了个白眼："你看看那男的，从头到尾对那女的就没有过一点好脸色，礼物也是女的送男的，精神和经济上都是倒贴，除了看上对方那张脸，还有什么？或者是因为对方活儿好？"

我没好气地白了她一眼。

当当叹气道："女人啊，始终不明白，什么样的男人才是最帅的。"

我另一个闺密L今年生了孩子，我去看她时，她起码胖了40斤，但气色很好，精神状态更好。

我们俩坐在客厅里聊天时，孩子突然哭了，我问她要不要先去看看孩子，她对着房间喊："老公，孩子怎么了？"

她老公回答说孩子拉了，我问她是不是要去给孩子换尿片。她笑着摇摇头说不用，她老公会换的。我随口说道那你老公挺能干啊，她幸福地说："他换得可比我好多了，我给宝宝换，宝宝总是哭，也不合作，但他换的时候宝宝就乖乖地躺着让他换，我坐月子到现在，只要他不上班，尿片都是他换的。"

我转头看向房间，只看见她老公的侧脸，无比温柔地笑道："宝宝，妈妈来客人了，爸爸给你换臭臭哦，你要乖，不要吵到妈妈和阿姨哦。"

然后，我看着一个大男人动作娴熟地替孩子擦洗，换上干净的尿片，阳光洒在他身上，营造出淡淡的光晕，柔和而圣洁，恍如神祇。

我收回目光对闺密说："我觉得你老公好帅！"

闺密嗔怪地啐了我一声："你故意逗我吧！"

闺密是个温柔雅致的姑娘，她的老公是个非常普通的男人，甚至长得不太好看，当初他们结合时，很多人都在我面前嘀咕过：哎呀，某某长得挺好看的，干吗找个其貌不扬的男人啊，她完全可以找个更好的老公嘛！

我真想叫这些人来看看这温馨的一幕，我很认真地对闺密说："不，我说的是真心话，你老公给孩子换尿片的时候，我就是觉得他很帅。"

闺密笑得无比幸福："从我怀孕到现在，家里的事基本都是他做的，他说我生孩子已经够辛苦了，不能再让我累了，除了孩子饿要吃奶他会抱给我，其他时间他都不让我累着。我知道他长得不太好看，但我现在越看他越帅。"

还有一次，因为工作，我们和几个高富帅去吃饭，说心里话，我对高富帅从来不感冒，大概是负面信息看太多了，又觉得他们只不过是因为出身好而已，所以全程都不太热情。

那天下车时，风特别大，路上有一个垃圾桶被吹倒，滚到了路边。我们都看到了，但那垃圾桶又大又脏，谁都没有过去扶的意思。但那群高富帅中，长得最好看的那个小伙子把围巾解下递给旁边的人，然后跑过去把那个垃圾桶搬起放到一边，又对我们解释道："只能先放边上了，现在放回原位，风这么大，又会被吹到路边的。"

那一刻，我才真的觉得他好帅啊！他的行为使他的长相自带柔光处理。

去年认识一个男人，生活上非常节俭，甚至都舍不得吃点好的，对于他的收入，我大概知道一些，问他为何如此节俭，他不好意思地笑笑说长假想带全家人出去玩一趟，他们从来没有出过远门。我说那也不至于对自己这么苛刻吧？他认真地回答我："我老婆嫁给我，什么福都没享过，本来她可以找到条件更好的男人，我再不对她好一点，她多亏啊！"

那一刻，我突然觉得他老婆很值。

经常听到姑娘的择偶要求"身高最好一米八，长得要帅气"。不管男人女人，都喜欢看帅哥美女，这是人之常情。但如果过于看重这一点，必然会舍本逐末。帅很养眼，但并不应该把它当作一种优势，因为一个人好不好看并不是他的努力，而是遗传。尤其是当他的外表和内涵完全成反比时，再帅也不能要。

女人看男人帅不帅，如果只是从对方的五官出发，而忽视宽容、责任这些生活中必不可少的东西，那么，未来必然堪忧。

事实上，一个男人不管多帅，当他的行为完全和他的颜值成反比时，帅便不是养眼，而是刺眼。而一个男人虽相貌平平，但人品脾性贵重难得，依然会让人觉得很帅，这个帅，已经和长相无关，而是从精神上散发出来的魅力。

聪明的女人，一定是先看男人的人品是否很帅，其次再看外表，若两者兼具，自然是好事，若鱼和熊掌不可兼得时，必选其内而弃其外。

女人最大的底气，从来不是经济独立，而是……

上个星期，网友美美发来一张结婚照，照片上的她历尽沧桑，容颜不再光华璀璨，然而，那抹发自内心的微笑，动人心魄，直达心底。

看见她找到归宿，我比任何人都开心，想起这些年来，她所受的苦难，忍不住微微湿了眼睛。

我和美美从来没见过，但已经认识好几年了。那时候，她刚刚怀孕，满心喜悦，老公收入不错，让她安心待在家里养胎，她闲极无聊，经常穿着防辐射的衣服，跑到网上聊天，我们就在那时候认识了。

怀胎十月，孩子呱呱坠地，是个白白胖胖的儿子，眼睛乌溜溜的，全家人都高兴坏了。美美初为人母，无比喜悦，那时候，她有子万事足，每天照顾孩子，虽然很累，却能在梦里笑醒。

偶尔，孩子睡着的时候，她还是会跑到网上，把孩子的照片发过来，有熟睡的，有微笑的，有表情古怪的。

可是后来，她突然消失了，足足消失了两年，我曾给她留过言，但全部石沉大海，我想，也许她密码被人盗了，也许她太忙忘了回复，又或者她怕别人打扰，喜欢隐身了吧？

然后，我就渐渐忘了她，可是，当我几乎已经把她忘了的时候，她突然出现了。

有一天晚上，我打开电脑，收到一则留言，问我在吗。时间已经十点多了，我说在，没想到对方还在，就是失踪两年的美美。

她说这两年来，她身上发生了很多事，孩子刚出生的时候，真是幸福啊！可是，孩子竟然天生痴呆，当知道这个消息的时候，美美觉得天都塌了，她和老公抱着孩子疯狂求医，可是都被告知先天痴呆，无法医治。

看着别人的孩子活泼伶俐，自己的孩子痴痴傻傻，美美天天以泪洗面，她每天要花好几个小时教孩子喊她妈妈，但孩子从来都无动于衷地看着她。

一心扑在孩子身上的她，没有发现老公的变化，直到有一天，这个男人期期艾艾地跟她说：不如把这孩子送去福利院，再生一个健康的孩子。

美美疯了一样地骂他："你还是不是人，这是你的亲生骨肉啊，你怎么忍心不要他！"

男人虽然觉得心有愧疚，但不要痴呆孩子的心却坚定，他给美美两条路：一是把孩子送去福利院，二是从此以后他永远不会管孩子。

男人以为，美美没有收入，就算不舍，也会听从他的安排。

这种现状，美美也很清楚，可是她做出的决定是：离开这个男人，带走痴呆儿子。

她说，当时我真的一无所有，我连养活自己的经济收入都没有，更别提孩子了，可是我绝对不能抛弃我的孩子，他已经够可怜了，如果我不要他，他会很惨。

俗话说为母则强，离婚后的美美，并没有意志消沉，她找朋友借了一些钱，请了个大妈帮她照看孩子，她自己出去赚钱。

美美什么苦都愿意吃，什么罪都愿意受，只求收入高一些。世上毕竟好人多，很多人知道美美的处境，也愿意提供一些帮助和便利给她。

就这样，母子二人渐渐安顿下来，离婚后，前夫还来找过她，想看看身无分文的她过不下去了，会不会改变主意。

美美没有理他，日子虽然过得清苦，但离开狠心的男人，可以和孩子一起，她不后悔。

我们便是这个时候恢复联系的。

美美告诉我，她想办一家幼儿园，因为对孩子的天生热爱，也为了自己的孩子，还因为没有一家正常的幼儿园肯收她的孩子。

我唏嘘不已，为这个坚强的女人，我只告诉她，有什么我能帮得上的，记得告诉我。

美美说她已经接受了别人很多帮助，接下来的日子，她更想帮助别人。

办幼儿园的过程，我并不清楚，那段时间我们很久才会聊上一次，因为她太忙了，只是偶尔会留言告诉我一些进展。

她不是个爱诉苦的人，幼儿园如愿办了起来，很多人都知道她的经历，也知道她宁愿吃很多苦都不愿意放弃有缺陷的孩子，便知道她是个极有爱心的人，都愿意把自己的孩子送过来，相信这样一个既坚强又有爱心的妈妈，一定会使自己的孩子得到很好的照看。

美美也没辜负大家的信任，把所有精力都投到了这个幼儿园上，饮食、教育、环境，无不倾注了她全部心血，送来的孩子越来越多，她又接连办了两个幼儿园。

如今，孩子已经几岁了，美美也拥有了自己热爱的事业，今年，一个离异孩子的爸爸仰慕美美的品性，主动追求，愿意和她一起担负两个孩子的未来，两人经过一段时间的相处，都觉得很满意。

美美说："其实，这对我而言是意外的收获，我原本想着，就算是一个人也没关系，但是冷血狠心的男人，我是决计要离开的，大不了，也就是单身一辈子嘛！"

我只希望她所有的苦难都已过去，未来的生活，一片坦途，但我更知道，以她的性格，未来无论遇到什么，她都会勇敢面对。

在我祝福美美的同时，另一个朋友又在微信上跟我诉苦，说极品婆婆要她把另一套房子送给她的小叔子结婚用，反正他们一家就三口人，用不了两套。

她问我该怎么办。我说房子在你手上，你不肯她还能抢吗？只要你和你老公坚决拒绝这种要求，她又能奈你何？

但其实她不说我也知道，朋友家境良好，不过比我大几岁，已经坐上了副总的位置，年收入接近七位数，而她老公至今月收入不过一万，因为家在农村，下面还有一个弟弟一个妹妹，负担很重，父母总是时不时地开口要钱，所以养家糊口的任务基本都落在她身上。

这些年，她也没少贴补婆婆家，但婆婆总觉得不够，加之她生的是女儿，婆婆觉得以后是外姓人，拼命想把她的财产弄给小儿子。

只要她稍有不愿，一家人就给她脸色看，话里话外地刺激她，最关键的是她老公基本向着父母，从来不会替她说话。

有时候，我真的有种恨铁不成钢的感觉，若是她没有经济来源，一切都要依仗公婆的话，她如此忍耐，我觉得可以理解，但是老公全家的经济基本都仰仗她，还敢给她脸色看，她还愿意忍这么多年，我也是醉了。要知道，她是浙大毕业的高才生，受过高等教育，职业良好，收入又高，却天天受公婆和老公的多重气。

有一次，我侧面和她聊过离婚的话题，她的观念是：女人若是离了婚，那就有污点了，人家肯定会看不起自己，就算这个男人再差，起码家里有个男人不是吗？

我当时说：以后你别跟别人说，你是浙大毕业的，你应该说你是宋朝毕业的。

很多年以前，我一直认为一个女人最大的底气，就是经济，很多女人不敢离婚，是因为经济问题，无法养育孩子，当女人有了钱，她就会变得有骨气有尊严。所以，我一直都坚决认为，女人必须得有自己的工作和收入，这样才不会被男人和公婆看轻，才可以在婚姻里过得游刃有余。

可是，这些年来的所见所闻，让我的观念有所改变，女人的经济基础固然重要，然而一个女人是否能过上有底气和有尊严的生活，起决定性作用的因素，从来不是经济，而是敢不敢不委屈、不将就的决心，如果没有合适的男人，宁愿自己过一辈子的底气，而有没有这种底气，取决于一个女人的观念。

女人在同一件事上，往往会有不同的选择，这种不同大多缘于观念不同，有的人即使身无分文，当尊严和底线受到挑战时，即使明知前途艰险，也会毅然跳出，去追寻自己想要的人生；有的人即使手握一切，当尊严和底线受到挑战时，也只会安慰自己委曲求全。

你的观念会决定你遇上什么样的人，过上什么样的生活，选择什么样的人生。

永远不要"踮"起脚爱一个人

我的大学同学依依，温柔、善良、美丽，在大二那年谈了一个男朋友。对方是上海本地人，长得很帅，一高兴就会露出阳光般干净的笑容，父母都是领导，父亲是教育局的二把手，母亲则是税务局的领导。

在这样的环境下长大，男朋友并没有一般官二代的纨绔浮夸，脾气和性格都很好，几乎是个没脾气的人，两个脾气很好的人，相处得很愉快，鲜少有吵架的时候。依依很爱他，觉得这是上苍赐给自己的缘分，我们都替依依高兴，生怕温顺的依依找个霸道暴躁的男人，依依也觉得自己是全天下最幸福的人了。

大三那年，男朋友的父母知道了他们的恋情，主动要求儿子把女朋友带回家，让他们看看。为了博得准婆婆的好感，那段时间依依几乎没去上课，拼命学习女红、厨艺，寝室里不能做菜，她就求食堂的阿姨和大师傅，让她去免费打打下手，大师傅见小姑娘诚恳，偶尔也传授几招。

有一天周末，依依过来找我，聊了很久之后才期期艾艾地问我能不能借给她一些钱，大学时代的我，并不富裕，每个月的生活费有限，也只拿得出500块钱借她，我问她为什么要借钱，依依笑得很羞涩，说想给未来婆婆买一条项链当作见面礼。

后来，从其他同学的聊天中，我才知道依依跟很多人借了钱，想一想，我便也理解她了，未来婆婆是领导，平时我们戴的那些东西估计依依觉得太便宜了，送不出手，想想这个为爱情绞尽脑汁的姑娘，我希望她能够如愿以偿。

过了两个月，依依来还我钱，我顺口问起，她重重地叹了口气。

男朋友的父母倒没有激烈反对他们交往，但言语中的盛气凌人压得依依喘不过气来，那天的见面，并非我们想象中的皆大欢喜。

依依一进门就把补品和项链恭恭敬敬地双手递给未来婆婆，对方却没有接，示意保姆去接，男朋友试图缓和气氛，嚷着要依依给母亲戴上，依依正打算照做，未来婆婆斜了儿子一眼说："去去去，我现在不戴这些小女孩玩的首饰了，不符合身份。"

依依的手顿时僵在那里……

然后，依依经历了人生第一场面试，只是，不为工作，为爱情。

　　未来婆婆以高高在上的姿态问依依："一个人在上海挺不容易的吧？多少姑娘想嫁给我们俊杰啊，我们家俊杰长得帅，家世好，嫁过来就有现成的房子车子，工作也不用操心，能给我们俊杰做老婆，那是上辈子修来的福气。说实话，我们本来反对俊杰找外地女孩的，家里亲戚太麻烦，我也舍不得他去外地走亲戚，不过俊杰喜欢你，我也就随他了，就这么一个儿子，我也不想他不开心。"

　　依依低眉顺眼地听着，不敢吭气，未来婆婆继续说："我们俊杰从小娇生惯养的，如果你们在一起，就要多照顾他一些，做菜会吧？"

　　依依急忙点了点头，对方一听，让她中午先做几个菜试试。于是，依依绾了头发进厨房，家里的保姆想帮忙，被未来婆婆一声喝止了。男朋友想进来看看，同样被他妈赶到了客厅。于是，男朋友全家人都在客厅里看电视，依依一个人在厨房里忙活，直到做出六菜一汤。

　　未来婆婆尝了两口就不吃了，说不够甜，要在上海生活，必须习惯吃甜食，要嫁到上海人家，得学会做上海菜，那些乡下菜，上海本地人是吃不惯的。

　　依依不敢争辩，默默聆听训示。

　　回去的路上，男朋友送她，依依忍不住委屈地哭了，男朋友安慰她说：我妈就那样，做了几十年领导了，对谁都是一副高高在上的样子，平时对我也像领导一样，她这是职业病。但是这样的人不阴险，什么都摆在明面上，时间久了，你的好处她看到了，就会慢慢对你好的。

男朋友的话给了依依希望，为了让未来婆婆尽快喜欢自己，冬天依依织了围巾手套送给她，虽然她知道也许这围巾手套从来不会戴在她所送之人的身上；夏天她买了真丝衣服送给未来婆婆，不指望未来婆婆满意，只希望未来婆婆能够看到她的一片心。

也许是依依的谨小慎微让未来婆婆大大满足了掌控欲，虽然她自始至终没有热情平等地对待过依依，倒也没有极力反对儿子的恋情。

依依说，其实她在男朋友家里的地位还不如保姆，每次她上门时，保姆就会退居二线，那些家务活都是她的。偶尔男朋友也会替她打抱不平，未来婆婆总是冷哼一声："怎么？有了女朋友就不要妈了？我不是为难依依，我是锻炼她，一个姑娘不会干家务活怎么成？我要是不满意她，直接反对你们交往就是了，至于这么迂回吗？以后你专心去做事业，依依把家里打理好，我要是看不见她的贤惠，怎么放心你们一起生活？"

未来婆婆的话，似是而非，小两口总是被说得哑口无言，渐渐地，男朋友也就习以为常了。

我们都为依依抱不平。领导又怎样？家世好又怎样？若不能平等相处，这一切就是浮云，依依偶尔也会被我们说得想抗争，但她太爱她男朋友了，不愿意他夹在中间为难，也怕惹恼了未来婆婆，反对他们两个在一起。

就这样，依依默默地忍了四年，从大二忍到毕业，从毕业忍到工作，我们私下里感慨，依依的性子实在太软弱了，估计得熬到对方寿终正寝才会有出头之日。

毕业后，我们各奔东西，各自进入了全新的人生，慢慢地，很多同学的联系渐渐少了。

前几天，我在朋友圈里说我要去上海拍照，许久不联系的依依突然发私信给我：来上海了，要是有空的话，我们一起吃饭？

我心想，依依终于嫁给了她的爱情，留在了上海。

于是，我回道：好啊，到时候再约吧，俊杰也来吗？

过了好一会儿，依依发语音跟我说，她没有跟俊杰结婚，早在八年前，两人就分手了，现在的老公不是上海人，只是在上海工作。

分手是依依主动提的，我很惊讶，那么爱男朋友的她，怎么会主动分手呢？

原来八年前，两人终于开始谈婚论嫁，依依请自己的父母从外地赶过来，商量结婚事宜，她很开心，终于可以嫁给自己心爱的人了，虽然未来婆婆难处一点，可是男朋友脾气还是很好的啊！

依依的父母也很高兴，听到女儿讲未来婆家的一切，朴实的父母觉得女儿找了个殷实人家，以后起码在物质上不会受苦。

当他们精心准备了土特产，风尘仆仆地赶到上海，看见未来的女婿温和帅气，由衷地满意。

但，事情往往不会那么美满。当依依的父母一片诚心地把土特产送给未来亲家时，对方嫌恶地说："这什么东西啊，能吃吗？"

　　早已习惯了各种挑剔的依依，以为自己对这些话已经无感了，可是当未来婆婆这些话对着她父母毫无顾忌地说出来时，看着父母难堪的样子，依依觉得无比难受，她觉得自己太不孝了，让父母跟着自己受委屈，母亲叹息着说："你这个婆婆不太好处啊！"那天晚上，依依在被窝里哭了好久。

　　她以为自己能忍，但当未来婆婆频频展现优越感时，看见父母惶恐的样子，多年的委屈如决堤的洪流，她霍地站了起来："阿姨，我知道您以前是领导，我也知道您家条件好，但我看上的并不是您家的条件，而是您的儿子，您对我挑剔，我可以忍受，因为您是长辈，可是我绝不允许任何人给我父母难堪，谁都不能，事实上比您家有钱有势的多了去了，我不知道您哪儿来的这么强烈的优越感，我愿意忍受您，是因为我珍惜和您儿子的感情，若是我不在意您儿子，其实你就是一个路人甲，什么都不是。"

　　然后，依依带着父母走出酒店，出门的那一刻，她泪如雨下，为自己的爱情，却也觉得如释重负。

　　父母叹息地说："其实俊杰人还是不错的。"

　　依依正色道："他人是不错，可是他太懦弱了，他不敢反抗他妈，这么多年，他一直任由我受委屈，以后，我想他也无法为我撑腰，我可以忍两年、五年，但我真的没信心可以忍一辈子。"

　　我也如释重负，依依最终还是果断了一回，她告诉我，现在的老公和婆婆条件远远不如之前的，可是他们尊重她，关心她，和他们在一起，她才真正有了一家人的感觉。

　　我始终记得依依对那段感情的总结：我很爱俊杰，可是我们之间不平等，我必须踮着脚，才能和他相爱，我只有一直保持着踮脚的姿势，才可以使我们看起来协调点，可是踮着脚的姿势很不舒服，时间一长，好累好累，后来我就撑不下去了，所以我不得不放弃。

　　当我们爱上一个人时，我们满心希望和对方在一起，努力去够对方的生活。可是亲爱的姑娘，我们可以为了爱情全力以赴，也可以为了爱情放弃一些东西，但请一定记得：美满的爱情，绝对不会令你很委屈很辛苦，永远不要踮着脚去爱一个人，因为没有人能够长时间保持一个不舒服的姿势。

其实，男人比女人更害怕离婚

前段时间，朋友的太太生病了，病得很重，足足住了三个月医院，医生下了几次病危通知书，所幸都救回来了。

待她病情好转一些，我和先生过去探望。到了那里，我觉得朋友比他太太更需要探望，原本气宇轩昂的男人，一脸憔悴，胡子拉碴，眼窝深陷。

我们过去的时候，他太太刚刚睡着，于是，我们就在旁边喝了点东西，边喝边聊。

先生问："现在应该没大碍了吧？"

他说："生命危险应该没有了，但是后期治疗还要花很多钱，早上医生就跟我说，第一期大概十几万吧！"

我安慰他说："人没事就好，钱总是能赚回来的。"

他说："是啊，不管多少钱，我都要给她治，到现在已经花了好几十万了，反正我们的医疗制度你们也知道，便宜的可以报销，贵的进口的药都是要自费的，只要还拿得出钱来，谁不想用好一点的呢？反正我跟医生说了，什么药效果好就用什么，一定要把我老婆治好，多少钱我都愿意。"

我心里感动，大概到生死关头，才能看出是否真情吧？

他大概看懂了我的眼神，自嘲地笑笑："晚情，你也别这么看我，我没你想的这么伟大，只是经过这段时间，我才明白我老婆对我而言有多重要，如果没有她，就家不成家了。"

接着，他跟我们说了这段日子是怎么过来的。

他太太是突然住院的，一切来得那么突然，他没有任何思想准备。在这之前，他和太太的感情一般，说不上多恩爱，也说不上多厌恶，就和大部分夫妻一样，感情不咸不淡，有时候也会嫌太太烦，喜欢唠叨，事情又多，甚至想着，其实一个人过也挺好的。

然而，这次住院，彻底改变了他之前的想法。

每天早上，他起床的第一件事就是给太太做早餐，因为医院里的饭菜实在太难吃了。由于太太病得突然，之前家里只有钟点工，一下子也找不到合适的保姆，所有的事情都落在他的头上。

给太太送完早餐后，他要立刻赶回家里，送儿子上学，然后赶去上班。中午再匆匆回到家里，做好中饭给太太送去，然后把一些事情交代给护理后，赶紧回公司上班，由于他已经做到中层领导了，上班时间还算可控，他要在下午集中把工作做完，然后提早下班去接儿子放学，之后赶紧买菜做饭，匆匆和儿子吃点后，就给太太送去。

晚上8点回到家里，要监督孩子做作业，问题是儿子还不太听话，每天回来都会看见他在打游戏。

自从儿子6岁以后，他就发誓无论有什么问题，只会和儿子好好沟通，绝不打人。

结果有一天，他回来晚了，9点多的时候儿子还在打游戏，作业一点都没做，他强忍着问儿子："你就不能先把作业做了吗？"儿子说："我不喜欢做作业，我喜欢打游戏。"

他说："我看见你打游戏，我就很不高兴。"

儿子说："你不高兴是你的事，关我什么事啊？我很高兴就行。"

他强忍着气说："你妈还在医院里，你就不能让我省点心吗？"

儿子说："我不打游戏我妈病就会好吗？你应该找医生啊！"

他终于被气得失去理智，狠狠把儿子揍了一顿，这是他六年来，唯一一次打儿子。打完之后，他很疲惫，他不知道太太天天对着这小子是什么感受。

到了周末，儿子还有不少补习班，本来他想少上几次也没关系，但是太太非常重视，一定要他送孩子去。

结果，他根本不知道儿子的补习班在哪里，问儿子，儿子说："我也不知道啊，每次都是我妈送我过去的。"

他怒道："你都十几岁的人了，自己在哪上学都不知道？"

儿子回敬道："你好意思说我？你都当了我十几年的爸爸，居然连我在哪里上学都不知道。"

他突然无言以对，只好根据名字在网上查询路线。

短短一个月时间，他就瘦了十斤，他跟我们感慨道：我都不敢想象，没我老婆的日子要怎么过，以前我从来不知道她这么重要，我觉得家里的事好像特别简单，我每天就是回家吃饭。所以当时医生跟我说，你老婆这个病是富贵病，要治好，需要一大笔医疗费，并且治愈的希望不到10%，我当时就说，不管多少钱，都得治。

听着他说这一个月来的日子，我心潮澎湃，也许，很多女人最大的错误，就是包揽了一切，反而让男人感觉不到自己的价值。

朋友继续说："经过这次的事情，我真的觉得我老婆对我而言特别重要，不怕你们笑话，以前她叨叨的时候，我经常想，这娘们，烦得要命，等老子哪天真不耐烦了，就跟你离婚，现在我再也没有这种念头了，余生，我只想好好对她。"

也许有的姑娘会对这种转变嗤之以鼻：切，还不是为了自己可以轻松快活啊，老婆要是没了，恐怕就没那么舒服了。

可是，不管一个人转变是基于何种原因，只要是向着好的方向在转变，其实原因不再重要。

曾经，有位妹子跟我说过她两次离家出走的事情。

第一次，不知道为了什么，两人大吵一架，她一气之下就抱着孩子回娘家了。本来想着，我带着孩子一起走了，你还不得立刻、马上来跟我认错道歉，接我回去？

结果她失望了，足足过去了三天，老公也没有理她，还是她自己憋不住了，跑回家看情况，结果，老公约了三个朋友，正在家愉快地打麻将呢！

她看到对方神采飞扬的样子，差点气晕过去，最后，还是自己灰溜溜地抱着孩子回来了。

那次之后，她的地位更加不如从前，忍了很久以后，她和老公又一次爆发了争吵，这一次，她把孩子扔给他就走了，结果，不到两天，老公又是电话又是道歉地求她回去，说他根本不会带孩子。

这两次对比，让她感慨良多。

基本上99%的女人都认为离婚对女人不利，女人害怕离婚，男人却完全不怕，女人40岁，只能找50多岁的老男人，可男人却能找20多岁的小姑娘。

其实完全不是这么一回事，什么样的男人不怕离婚呢？你把孩子带走，把大部分财产留下，方便他开展日后新生活，这样的情况，哪个男人会惧怕离婚？但如果你把孩子留下，把大部分财产带走，我可以很负责地告诉你，90%的男人都不愿意离婚。

大多数女人因为害怕离婚，只知道一味妥协，一味将就，觉得在婚姻家庭中，女人就是弱者，因为离了不好再找啊！在这种自我暗示下的女人们，只好靠妥协和忍让维持自己的婚姻。

女人为什么害怕离婚？

因为她们看不到自己的价值，她们把自己想得太弱势；她们付出得太多，让男人发现不了她们的价值；她们看不清自己在婚姻里的正确位置。

其实，男人比女人更害怕离婚，有人说，女人带着孩子不容易再嫁，我可以告诉你，在同等条件下，男人带着孩子再娶，同样困难。

那些再娶很容易的男人，往往经济条件都不错，又没什么负累，可是如果一个女人经济条件很不错、又没什么负累的情况下，再嫁也一样容易。

若你又穷又丑又low，其实不管男女，再娶再嫁都一样困难。

想想看，为什么这么多男人即便出轨，他们也不愿意离婚呢？是他们出轨的对象不够好吗？不是，因为他们深知离婚的成本和代价。但是，他们为什么还是敢出轨呢？因为他们深知你不敢离婚，且没原则。

如果他们真不怕，说明你在婚姻当中起码犯了两个大错：

第一，你没有让对方意识到你的价值；

第二，你根本就没有价值。

很多时候，只要你坚持自己的原则和尊严，生活往往就会变得不一样，可是你却因为莫须有的恐惧，一直放弃了自己的优势，却看不到对方的害怕。

因为你害怕对方离婚，所以不敢有原则、有底线，那么，请想一想，如果是对方害怕离婚，他还会做让你伤心、对你不好的事吗？他疼你爱你都来不及呢！

姑娘，有时候不要长他人志气，灭自己威风，那样才会让你活得更有风骨。

幸福的夫妻，多少都有点"六亲不认"

这几天，我妈老姐妹的女儿女婿，闹离婚已经闹得尽人皆知了，据说女婿已经离家出走两个月了，坚决不肯再回这个家。她老姐妹到处骂女婿是浑蛋，连家都不回，孩子都舍得丢下。

私下里，我妈跟我说："其实他们闹成这样，阿容有很大的责任，女儿都已经结婚了，天天过去掺和，她又爱说，哪个女婿喜欢听丈母娘天天数落唠叨啊！"

我忍不住提醒她："你还别说她，你们能成为老姐妹，就是因为性情相投，想当年，你也一直想这么干。"

我妈不服气地说："我干什么了，你不逍遥自在得很吗？"

"那是因为，我没有给你这种机会。"

回忆起往事，我妈恨恨地说："所以，云云（老姐妹的女儿）

比你听话多了，什么都听她妈的。像你这样完全不听长辈话的人，有几个啊？"

我闲闲地说："我要是像她一样听话，今天离婚的人就是我了。"

过了一会儿，我妈又忍不住跟我说："现在看来，还是你对，儿女结婚后，父母就别再去干涉了，父母掺和得多，十有八九要离婚。"

我相信，这是我妈的真实感受，这几年来，她身边的老姐妹去干涉儿女生活导致离婚的，已经不下五对了。我想，这对她而言，也是一种警醒吧！

而当初，她试图控制我干涉我的心，一点也不亚于她的老姐妹们！我甚至一度以为，父母对子女的掌控欲是不是骨子里就有的。

前几天，有位姑娘向我求助，说结婚后，父母一定要求一起住，而之前她和老公一直希望结婚后分开住，等到父母老了，确实需要子女在身旁照顾时，再考虑一起住。

可是父母大骂她不孝，一结婚就打算撇下父母，要遭天打雷劈的，她挡不住父母的压力，就答应了。

父母搬过来后，她的婚姻生活一落千丈。

她父母刚刚退休，每天都没什么事情做，管控他们的生活，成了父母的头等大事，小到一天吃什么菜、日常开销等，大到他们的旅行度假、薪水收入等，全部要过问，甚至提出让他们夫妻把工资卡上交，理由是年轻人都喜欢浪费，他们也不是要子女的钱，就是代为保管，帮他们存下更多的钱。

老公非常不爽，坚决不同意，于是，她爸妈跟她说一个男人把工资卡捂得死紧，说明有外心，绝对要防着。

而老公对于岳父母一家，早就深恶痛绝，跟她说，如果再不把他们送走，那就只有他走了。

姑娘很为难，问我要是遇到这种事，会怎么办？

我很直白地说：我根本不会遇到这种事，因为第一，我若知道父母是这种性子，根本不会把他们接过来住；第二，就算接过来了，如果觉得他们干涉我太多，立马就送走了，不会等到闹得不可开交。

姑娘羡慕地说：那是因为你爸妈好，你才没这种烦恼。

对于这种羡慕，我只能说她太不了解我的原生家庭了。

我小时候是爷爷奶奶和两个姑姑带大的，加上我自己的父母，当时要干涉我的人，那是整整一个家族。

比如我结婚这件事，甚至还轮不到我发表意见，他们先吵得不可开交了，一个要这样办，一个要那样办，一个说你太落伍了，一个说没你落伍。

然后，一个个轮流过来找我，要我按照他们的想法做，我只有一句话："我的婚姻我做主，我想怎么办就怎么办！"

其实从小到大，他们对我的管控是非常多的，小到穿衣吃饭，大到消费投资，一一都要干涉，而我从来没有给过他们这种机会，但我也不明白他们明明没有成功过，为什么还这么矢志不渝地要来干涉我。

见我完全不听他们的，他们表示很愤怒，原本各自在争吵的人，突然间就统一战线了，一起向我施压，要我按照当地风俗走一遍。

我从来就不喜欢我们的当地风俗，总的来说就是，花钱，花钱，再花钱，摆阔，摆阔，再摆阔，无论有钱没钱，都要极尽挥霍之能事。小县城的繁文缛节，多得让你眼花缭乱。在以前，结婚那天基本上会耗尽两家积蓄，并且欠下债务，然后，从第二天开始，父母和小夫妻俩，就走上了慢慢还债的道路，这种情况，基本就是我小时候司空见惯的情况。那时候，我一直都想不明白，没钱就简单一点啊，为什么家里没钱，还要到处借钱，这样折腾呢？

我家里人说，结婚一辈子才一次，当然要办得风光体面了。到我长大时，对于这些恶俗是从骨子里就不屑的，但我家人对这些风俗是又爱又恨，他们一边埋怨风俗太多，一边恨不得全部来上一遍。

我不愿意，他们说：你老公又不是没钱，干吗不愿意？

我没跟他们辩，反正就一个态度：成年以后，我的事情必然自己做主，你们可以提建议，但是听不听在于我。你们要怎么办，我也阻止不了，但是第一，我们不会出这种冤枉钱让你们折腾；第二，我们不会出场，你们想怎么弄就怎么弄。

我妈当时恶狠狠地对我说：脸都被你丢尽了，寡妇再嫁都比你风光。

我还击：我怎么丢你脸了，我是违法犯罪了，还是作奸犯科了？可能有人会说，你怎么这么不孝啊，怎么可以这样跟长辈说话啊？我只能说，孝子孝女就别看这篇文章了，回家继续按照父母的意愿过吧！

如果亲子关系正常，子女想孝顺长辈，那是天性，根本不用要求。如果自家长辈通情达理，你一说自己的想法，他们就会尊重你，谁也不愿意态度强悍。可现实是，很多子女即使态度强悍，父母都心心念念地要去插手，甚至是明确表达无数次请父母放手，父母依然不死心，你态度不强悍，根本就不行，必要的时候，甚至需要"六亲不认"乃至暂时决裂，才能让自己的想法顺利实施。

在我家，自然也是这样，大概有整整半年时间，他们只要一有机会，就给我洗脑。先生没有参与其中，但很快就有点吃不消了，说："要不，就按照他们说的办吧！反正，我们也不差这个钱！"

我说这不是钱不钱的问题，而是从今以后，我们能不能按照自己的意愿生活，你以为他们只会干涉结婚这件事吗？如果这件事妥协了，第二件事就是什么时候生孩子，然后就是这个孩子怎么养，你妥协一次，就等着妥协一辈子吧！

先生还是很担心："他们这么多人，你顶得住吗？"

我说："当我想干一件事时，没有任何人能阻止；当我不想干一件事时，也没有任何人能勉强。"

当我够决绝时，长辈们虽然对我骂骂咧咧，但也无可奈何。

第二件事，就是买房。我买房子的时候，根本没有通知家里人，因为我太了解自己的家人，只要一说，每个人一个主意，并且坚定地认为自己是正确的。

因为买房是在婚前，所以我回家拿户口本时才告诉了他们，如我所料，他们对我买的房子各种挑剔，各种不满，七嘴八舌地说应该买在哪里哪里，而事实是：我买的楼盘成了新的中心，人气空前，他们认为好的那几个楼盘，到现在还没卖完，其中两个，老板还跑路了。

当然，他们认为，我只不过是运气好而已！

第三件事，就是婚后生活，房子快装修好时，他们又热闹开了，一个要来我家教我做这个，一个要来我家教我做那个，总之，他们让我做的就是正确的，我想做的就是错误的，而且还是大大的错误。

自然，我还是顶着压力，拒绝了他们。

那段时间关系挺紧张的，但经过这几件事后，他们也明白了一件事：我根本就不是那种会受他们掌控的孩子，渐渐减少了对我的干涉，转而去干涉我几个弟弟了，到如今，我的弟弟们只要一看到我，就跟我抱怨他们受到的干涉和压迫。

昨天，我妈突然跟我说："其实孩子还是有主见的好，你是对的，现在我不来干涉你，你时不时地给我打麻将的本钱，这样大家都高兴！"

前几天，大姑姑给我打电话说："你帮我参谋一下，拿个主意！"

曾几何时，我们在人格和独立上，已经平等了。如今的局面，是我喜欢的，但，我为之努力了好久好久。

很多人可能觉得委屈，我也不喜欢父母控制我啊，可是他们毕竟是我的父母，孝道难违啊！

我始终觉得，太多人被孝道洗脑了，即使从传统上而言，也没有一条：作为子女，必须事事听从父母。那不过是后来的人为了控制子女强行扭曲"孝道"的意思而已，可偏偏有很多人就是被洗得很彻底。

但，从根本上而言，屈服于扭曲"孝道"下的子女都是没有独立思考能力和长远见识的一帮人。事事听从父母，从短期看，确实好孝顺啊！但是，当你因为没有主见不够独立而生活乱七八糟时，父母对你的担心，才是你的不孝；你让父母成为破坏你幸福的元凶，才是你最大的不孝。

真正的孝道是你能过好自己的生活，并且赡养你的父母，尊重父母的生活，而不是把自己的人生交给父母。

我想，正常的父母都是愿意看到子女幸福的，如果你因为没有顺从父母，但却过得很幸福，你父母很不高兴的话，那问题根本不在你，而在于你的父母，在他们眼里，控制欲远远大于你的幸福。那么，他们也不见得有多爱你，你就更不必把孝道拴在身上捆绑自己了。

而陷入父母困境的子女，最本质的一点是缺乏解决问题的能力，即使不爽，他们也不会想着主动去解决问题，一想到解决问题会引发矛盾，就退缩了，天真地期盼时间能把问题拖过去。这就是为什么很多时候，我给出了明确的建议，换来的总是——"把父母送走？这样太不孝了吧？""拒绝父母？他们会伤心的！"

每次听到这种回答，我总是很崩溃，什么都想要，什么代价都不想付出，好结果会从天上掉下来吗？就比如我们生了疮，去医院清理还得痛一下吧！可是你不治疗，它就会腐烂，到最后大面积溃烂，那时候截肢都有可能！

生活上的问题，也是这么个规律。

所以，不要说父母怎么干涉你，你如何如何无奈，这个世界上，从来没有从天而降的美满生活，每一份美满背后，都需要自己的努力。就算父母把你的生活搞得乱七八糟，让你的婚姻红灯频频，请记住一句话：那都是你自己允许的！

你没有一个强大的内心，没有独立的自信，没有断奶的魄力，就不要怪父母干涉过多。父母只会干涉哪一种孩子呢？那就是：经济上无法独立，生活上习惯依靠，精神上不够强大。对于那些足够强大的孩子，他们会反过来听孩子的。

中国父母和亲戚，是普遍缺乏界限感的一群人，他们最不懂的就是如何去尊重成年子女的生活。

所以，幸福的夫妻，多少都有点"六亲不认"。所谓"六亲不认"，并非无情无义，而是要清楚自己和原生家庭的界限，超出界限和原则的事，果断拒绝，只有如此，才能确保小家庭的幸福。这么做，也并非自私，而是分清主次，最后达到一个共赢的局面。

美容院里的三个姑娘

今年特别忙，一直想找一家离家近的美容院，正好小区附近新开了一家美容院，决定去试试。

第一次进去，老板娘让一个叫丹丹的姑娘来给我做脸。首次体验非常愉快，丹丹手法娴熟，动作轻柔，细心体贴。美容院新开，优惠力度很大，于是，在这家美容院办了季卡，想着每周过来放松一下。

第二次，依然是丹丹为我做脸，我正美美地躺着享受，丹丹开始向我推销："姐姐，我们这里有一种美白产品很好，我给您试试好吗？"

我对美白产品一向没什么好感，笑着拒绝了。过了一会儿，丹丹又向我推荐另一款产品："姐姐，您要不要试试去皱的产品？能有效祛除眼角的皱纹。"

我不相信地问："我眼角没有皱纹吧？应该还用不上这些产品吧？"

丹丹赶紧解释道："等有皱纹就来不及了，现在预防效果要比以后有了再做好得多。"

然后，她给我讲了很多这方面的知识，用她的话来讲，我现在需要用美白、防皱、收缩毛孔整套系列才对得起这张脸。

后面，我有点不耐烦了，告诉她只需要给我做最基础的清洁和保湿就行了，我来美容院并不是想达到如何美的效果，只不过想放松一下而已。

接下来我明显感受到丹丹的服务远远不如第一次，甚至在给我敷上面膜后，离开了很长一段时间，还是我让人去叫了她才过来给我洗掉，当然，我也没有去投诉她，只是在心里默默给了一个差评。

一个星期后我再去，老板娘抱歉地对我说丹丹正在服务别的客人，问我可不可以换人，我爽快地答应了。

第二个姑娘叫青青，这次我有言在先，只做最基础的清洁和保湿就行，青青表示明白，说："姐姐现在的年纪做好清洁和保湿就可以了，防皱那些还用不上。"

听她这么一说，我就放下心来让她做，青青就像第一次的丹丹一样，让我的体验非常满意。

接下来一个月里，青青一直为我做清洁与保湿，偶尔与我聊聊天，我对她的印象比丹丹好很多，心想她们的业绩估计也跟推销产品挂钩，如果有合适我的，我也不介意买几样试试。但还没等我这么做，青青告诉我，店里新到了韩国的产品，效果如何如何好，如何如何没有副作用，为了不让她难堪，我答应看一看这套产品。青青立刻去拿了过来，包装得很好，但我并没有见过这个牌子，随口问了问价格，她说原价9999，现在打对折，只要4999，我抱歉地告诉她，我一直用固定的产品，不打算随便换产品。她又推荐了一番，我还是没有买的意思，她只得作罢，然后她告诉我，既然我在她们这里做美容，最好能把产品换成她们这里的，这样效果更好。家里的产品我可以拿到这里来用，她可以快速帮我用完，我一向不喜欢别人干涉我的选择，心里渐渐起了反感，末了，她见我没有任何购买的意思，努力让我把季卡办成年卡，我自然还是拒绝。

之后，我有近一个月没去做美容，但季卡还剩下一半，决定把它做完。

这次，老板娘又给我换了一个人，她叫曼丽，有了前两次不愉快的体验，这次我的态度比较冷淡，曼丽并不多话，只是默默地为我做脸。曼丽做得很到位，甚至比前面两个做得都好，但有了前两次的体验，这次我并没有觉得多满意，心想第一次都这样，后来怎么样那就天知道了。

但曼丽一直尽心尽力地为我做脸，从不向我推销什么，每一次的服务都是尽她最大的努力做好，让我挑不出任何毛病。

季卡只剩最后两次的时候，我做完脸下楼，听到丹丹和青青正在向老板娘议论曼丽："红姐，这个月又是曼丽的薪水最少吧？"

叫红姐的老板娘郁闷地说："她啊没你们两个聪明，就知道花死力气，不知道向客户推荐产品，客人对她倒是挺满意的，但满意有用吗？能当钱花吗？要不是很多客人都挺喜欢她，我早就辞了她了。"

丹丹说："是啊，她最傻了，连续几个月她工资都是最低的，一点也不想着改变。"

原本我打算做完季卡就不来这家美容院了，但听了这话，我改变了主意，主动办了年卡，并且指定都由曼丽来给我做美容。

之后整整半年，曼丽从来没有向我推荐过任何产品，倒是我自己主动问她："曼丽，你在这里也快一年了，有没有什么好的产品推荐给我啊？"

曼丽一愣，小心翼翼地说："晚情姐，我觉得我们这里有一款洋柑橘的洗面奶特别好用，味道好，清洁效果也好，应该也适合您的皮肤。"

我叫她给我拿三支过来，曼丽迟疑地说："晚情姐，您买一支回去用就可以了，三支的话太多了，用不完过期就浪费了。"

我告诉她另外两支是给我妈和姑姑用的，她这才放心地去拿了三支洗面奶给我。

没过多久，朋友在本市开了一家数一数二的美容养生会所，邀请我去体验。结束后，我们一起吃饭，朋友说会所什么都很顺利，就是缺少 个合适的经理，我随口说："你不是有经理吗？难道不满意？"朋友说："现在的美容院到处都是推销，完全不以顾客为中心，但我不想这么做，可我现在招的经理，为了业绩好，天天向客人推销，很多客人都向我表示体验不好，我不要求这个经理有多大的业务能力，但求能让顾客宾至如归，你要是有这样的人选，记得推荐给我。"

我一下子想到了曼丽，大概说了情况后，朋友表示可以见一见。

再次去那家美容院的时候，我向曼丽透露了这个消息，问她愿不愿意一试，曼丽听了很迟疑："晚情姐，当个美容师可能还行，当经理我肯定不行的，而且我是这里业绩最差的。"

我鼓励曼丽尽力一试，就算不成功，难道找份美容师的工作还会有问题吗？她终于被我说动，决定去试一试。

再次去会所，是朋友打电话给我，她笑着说："亲爱的，我必须要请你吃顿饭，你介绍的人实在让我太满意了，曼丽尽心尽责，热情周到，很为客人着想，很多客人告诉我，以后就锁定我们了。"

我为朋友高兴，更为曼丽高兴，再次去朋友的会所时，曼丽穿着一身得体的套装，神情中还有一丝怯场，但和之前相比已是脱胎换骨。

见到我，她感激地对我鞠了个躬："晚情姐，谢谢你！"

我笑着说："你不用谢我，你应该谢你自己，是你的真诚和善良成就了现在的你，就算我不发现，迟早也会有其他人发现。"

朋友给了我一张VIP年卡，告诉我当初曼丽决定跳槽时，唯一牵挂的就是我在那里办的年卡，因为我以前说过，只要曼丽一个人服务，如果她不在了，我也就不去了，所以曼丽要求用她的工资在朋友的会所里给我办一张年卡，朋友自然不会要她这么做。

现在，曼丽的薪水已经是在那个美容院时的十倍，听朋友说元旦又要给她涨薪水，而这些并不是最重要的，曼丽告诉我，她非常喜欢新环境和新老板，更为自己骄傲，原来自己还可以这么优秀。

我看着这个完全蜕变后依然保持初心的姑娘，心生感慨。

这是个浮躁逐利的社会，也是个诚信缺失的社会，但正因为这样，真诚和善良才显得弥足珍贵。这些品质不会过时，在任何时代都行得通，真诚善良的人，也许一时会过得不好，但总有一件事，会让你觉得所有的真诚善良都是值得的。

感情中的好印象到底有多重要

先给大家讲两个故事。

第一个故事是一位朋友的，她说有一天她下班比较早，那天心情特别好，就去菜市场买了老公喜欢吃的菜，打算做一顿丰盛的晚餐给老公，但是距离老公下班的时间还有两个小时，怕做好了菜会凉掉，所以打算等老公回来再做。

两个小时后，老公下班回来，勃然大怒，指责她越来越懒，连饭都不做，她解释说打算等他回来再做，可以趁热吃，但老公完全不相信她的解释，认为她在狡辩，之后更是不再理她，自己到外面下馆子去了。

朋友说的时候很委屈，她说她是真的想让老公吃热菜热饭，没想到对方这么看她。我建议她心平气和地和老公沟通一次，把自己的想法坦白告诉他，也听听他的真实想法。

两天后，她告诉我，老公接受了她的解释，相信她真的是想做一顿热菜热饭给他吃，但却一点也没因为冤枉她而内疚，更别提道歉了，甚至还说："这怎么能怪我？以前你有这么好过吗？你不跟我吵架我都偷着笑了，还敢指望你贤惠？"

朋友泄气地说："真没想到我在他眼里这么不堪。"

第二个故事是我自己的，先生出差前交代我做一件事，我满口答应，表示他回来时，我一定已经办得妥妥的，让他安心出差。

当时手里有几篇约稿，正处在灵感迸发时，当时想着，反正他要出差三天，我先把稿子写完，再慢慢办他交代的事。但写完之后，我就把这事给忘得干干净净了，虽然老觉得有件什么事还没做，可怎么也想不起来了。直到先生回来问起，我才突然想起是什么事，他看见我的表情已经猜了个大概，问我是不是忘了。

我内疚地解释："当时我有几篇文章要写，本来想写完再去办，但后来怎么也想不起来了，我不是故意的。"

先生只是心疼地揉揉我的长发："你又写书又打理云意轩，事情也不少，忘记一件两件很正常，你也不是故意的，别让自己太累。"

可能有人会说，朋友的老公没那么爱她，先生爱我，所以才会有这种反差，但事实绝非如此，当初刚刚在一起时，谁都是柔情蜜意，谁的爱也不比别人少。

只是后来的相处中，渐渐拉开了距离而已，朋友和老公当年的恩爱绝对不输于任何人，但婚后两人摩擦不断，三天一小吵五天一大吵，那是家常便饭，彼此对对方的观感印象越来越差。

而我和先生婚后比婚前更注重对方的感受，无论大事小事都尽量不让对方不舒服，所以对方有疏忽的时候，第一反应就是：他/她那么爱我，肯定不是故意的，也许是太累了，也许有什么特殊情况。当对方还未解释时，已经替对方想好无数种可能了。

这些年来，我无数次感受到感情中给对方留一个好印象是多么重要！

感情中的好印象有多重要呢？直白一点说，如果在相处中，你给了对方一个好印象，那么即使你偶尔犯错，对方也会朝好的一面去想，比如你犯懒躺在床上没做饭，对方不但不会生气，反而会担心你是不是病了，是不是遇到什么不开心的事了。可如果在相处中，你让对方形成了坏印象，那么无论你做什么事，对方都会朝坏的一面去想，即使你示好，对方都会犯嘀咕：她是不是有什么目的？不但不会出现你期盼的开心，反而会一脸防备地看着你。如果你有什么疏忽，那就更别提了，进一步使坏印象根深蒂固而已。

易地而处，其实也不难理解。如果有人在生活中给了我们不好的印象，也许我们会一直抱着固有观念看待对方，可能当时对方仅仅做了一件令我们不舒服的事甚至只说了一句我们不爱听的话而已，之后也努力做了很多弥补，但我们依然会对这个人抱有成见。

不好的印象俗称"成见"，当一个人对另一个人有了成见，那么无论对方做什么，总会横看竖看不顺眼。

曾经有一位杭州姑娘第一次去见男方家长，未来的公公婆婆做了一桌子菜招待她，但公公婆婆是北方人，做的菜并不合她的口味，席间她大谈自己的家乡菜是多么精致入味，绝对不是北方菜能够比拟的，公公婆婆的脸色当时就不太好看。

事后，在男朋友和父母的教育下，她也意识到自己做得不对，尽力弥补之前的过失，但无论她怎么努力，怎么去取悦公婆，对方总是不冷不热的，她觉得很委屈。

但真的是她公婆计较吗？事实上，成见一旦形成是很难消除的，尤其是第一印象，形成了很可能就是一辈子的观感。

前不久，有位朋友的老公受不了她的强势要离婚，在她的百般恳求并再三保证会改的情况下，对方答应再给她一个机会，她也痛定思痛打算真正改变自己，让自己看起来温柔些。

之后的三个月里，她不再对家里的事实行独裁主义，对老公不再颐指气使，她对自己的改变很满意，觉得自己已经脱胎换骨了，但是没多过久，老公想跳槽，她觉得之前的工作安稳又熟悉，离家也近，便提出反对意见。老公听后，失望地摇摇头："你还是没变，和以前一样。"

她憋屈极了，在她看来，她只是基于现状提出了自己的意见而已，并没有强制老公不准跳槽，可是他一句话，就把她之前的努力全部否定了。

很多人不理解，明明已经努力去改了，为什么对方就是看不到自己的变化呢？为什么老把眼光停留在过去呢？

我想大多数人都有过这样的体验：小时候由于不小心做错几次题，被父母或老师批评粗心，从此以后，但凡你做错了题，他们就会不断提醒你又粗心了，即使你粗心的次数已经越来越少，即使你觉得自己已经改了粗心的毛病，但是在他们心中，你仍然是个粗心的人，你觉得很懊恼，希望他们能够看到你的改变，但是很可惜，你在他们眼里一直是个粗心的人。

当然，印象也不是一辈子固定不变的，但好印象要变差很容易，坏印象要扭转，却是难上加难，中间要花费的时间和精力，是难以估计的。

聪明的人绝对不会轻易给别人留下坏印象，因为她知道，留下坏印象只需要一件事，但要改变坏印象，有可能需要做一百件事。

干不好还想嫁得好？

最近，一位姑娘跟我吐槽，工作实在太累了，天天加班，起早贪黑，每个月却只能挣仨瓜俩枣，看看那些嫁得好的人，生活悠闲又轻松，一下就泄气了，很想找个可以依靠的男人，最好这个男人经济基础雄厚，可以让自己不再辛苦打拼，优雅地过着轻松富裕的日子。

我很煞风景地劝她，嫁得好可一点也不比干得好容易。

很多试图通过结婚改变自己命运的人总是有一个很致命的逻辑错误：干得好不如嫁得好。好像干好一份工作很难，但是找个实力雄厚的男人来改变自己的现状却挺容易的，可是连份工作都搞不定的人如何找到这样的男人，并且让这个男人心甘情愿娶自己呢？

我们总得给人家一个娶自己的理由啊！不然那些钻石王老五，

可以选择的女人大把大把的，为什么非要娶我们呢？如果没有倾倒众生的美貌，学富五车的才华，所向披靡的情商，对方图什么呢？想嫁得好必须有资本，如果没以上条件，那么"干得好"是唯一可以实现"嫁得好"的保证。

可能有些姑娘会提出异议，并且举出身边的一些例子：谁谁谁也没见有多出色，可是嫁的老公却是又帅又有钱，还对她很好，简直就是走了狗屎运，自己也没差在哪里，愣是没人家的运气，估计是命里八字没生好。可是亲爱的姑娘，如果说嫁得好有运气的成分，但嫁了之后还能hold住这样实力悬殊的婚姻，那绝对不是运气可以解释的了，在不为人知的背后，一定有别人所不知道的优点，而这些，恰恰是她嫁得好的原因。

去年，我一个49岁的朋友嫁入豪门，男方并不是七老八十的老头，反而比她小五岁，无论长相还是教育背景，都是令无数女人竞折腰的人物。如果他愿意，18岁到28岁的姑娘会前赴后继，但他却选择了49岁的她，并且痴心一片，很多人不理解，因为在大多数中国人眼里，女人一过三十就贬值，何况还是将近五十岁的年纪，很多人暗暗猜测这男人是不是有恋母情结。

结婚后，看见他们晒出来的照片，都是男人为太太烤了小点心一起享用，太太给他搭配的衣服果然有品位，今天出差又给太太买了条丝巾。

很多人把我朋友的经历当成现实版励志灰姑娘的版本，却没有人在意她到底是怎么嫁给他的。因为，在很多人眼里，她能嫁成这样，纯粹是运气嘛，外加男人傻气嘛，否则都49岁了，能有普通60岁的老头接收就很不错了，居然还能找到这样的如意郎君。

但我们这些了解内情的人，一点也不觉得奇怪。朋友是外地人，刚刚到我们这个城市时，举目无亲，除了自己打拼没有第二条路。好不容易找到一份工作，辛苦不说，薪水待遇也不理想，但朋友干得很认真，用她的话说："学到的本事是属于自己的，总得对得起自己的时间。"不知道那些因为不满意薪水待遇而消极怠工混日子的人看了会不会有所触动。因为做事细心认真，一年后，她被主任看上，调到身边做助理。当她解决了生存问题后，她开始思考自己到底应该有什么样的人生，于是，她选择了辞职。

主任万分不舍地给她饯了行，不得不提一句，她的情商之高也令人叹服，她是唯一一个辞职却得到主任推荐的人。然后，她去了一家外企，从头开始，两年后就被副总看上，被推荐去主管新成立的部门，其升迁速度之快，刷新了外企的纪录。

干了三年后，她再一次决定辞职，跳槽到一家大型私营企业担任副总的职位，她用了不到十年的时间，完成了华丽的蜕变。中间她经历了两次婚姻，一次嫁给了某国外交官，一次嫁给了一位大律师，我从不认为她这两段婚姻是失败的，因为无论何时她都以最好的姿态对待事业和生活，也因为这样，即使在49岁的年纪，她依然能够嫁得很好。

所以，干得好未必嫁得好，而嫁得好的人肯定干得好，如果连相对简单的工作都搞不定的话，如何能够搞定琐碎复杂又漫长的婚姻？

别相信什么"干得好不如嫁得好"，在嫁得好之前，一定要先干得好，只有干得好，才能得到更多人的认可，接触到更高层次的人，才会拥有更多的机遇。否则一个什么都干不好的人，永远混在最基础的岗位，认识的人永远是和自己差不多层次的人，圈子又小得可怜，如何能够嫁得好？就算有亲朋好友介绍，也得有些拿得出手的条件不是吗？

另外，嫁得好只是一个事件，并不是人生的终点。但很多姑娘结婚之前确实干得挺好，却把婚姻当成事业的分水岭，如愿结婚后，很快就放弃了事业。嫁得好也许可以凭美貌或一时运气，但嫁了以后能不能过好，那完全看个人本事了。

以前工作时，有一位非常漂亮的同事，是公认的集团第一美女，我见犹怜的那种。后来嫁给了一位搞房地产的老总，度完蜜月后，她来公司辞职，司机开着名贵房车载着她过来的，还带来很多从国外购买的价值不菲的礼物。很多同事一边把玩着礼物，一边心里冒酸水，她一离开，大家就议论开了："看见没有，长得漂亮就是资本啊，不用自己打拼，嫁个有钱男人就好了。""是啊！干得好不如嫁得好，再干也就那么点钱。""就是，人比人，气死人！"但是仅仅八个月后，我去卫生间时，一位同事神秘地拉住我说："你知道吗？小C离婚了。"

当初，那位老总确实被小C的美貌惊呆了，不惜一切代价追求她，一心想把她娶回家。但婚后，他发现很难和小C交流，两个人的眼界、见识、兴趣完全不在一个层次上，没过多久，就觉得索然无味了，离婚成了毫无悬念的结局。

所幸，小C并没有因为这次短暂的婚姻而自暴自弃，而是痛定思痛，调整心态，又投入到了职场，再次进入职场的她比原先认真也刻苦得多。有一次，我在一家饭店遇到她，她已经完全是一个干练的职场白领了，分别时，她说了一句意味深长的话："事业比婚姻简单得多，只要肯付出，它不会无缘无故抛弃我，事业干得好的人未必嫁得好，但连事业都干不好的人，嫁得好基本等于是做梦。"

她有这么清醒的认识，我相信下一段婚姻肯定能把握得很好。

真爱你的人，脱层皮都会爬到你跟前

这段时间的周末，我一直在一个烘焙会所学做西点，教我的是个笑容甜美的女孩子，做得一手好点心。当初看到她那些精致绝伦的小点心，我立刻对负责人说："我就要她教我。"

小姑娘比我小十来岁，很活泼健谈，我一点也不掩饰对她的喜爱，她也感觉得到我对她的喜欢，我们很快就无话不谈。

最近一次我过去，她一反平常的活泼，眼睛红红的，眼泪含在眼眶里，默默地兑着水。

我问她出什么事了，她一听眼泪噼噼啪啪地滴了下来，犹豫了一会儿，她才抽噎地告诉我和男朋友分手了。

我问她原因。她说："他是本地人，我是外地人，虽然我家境也不差，可是他妈妈嫌弃我家不在这里，帮不了他什么，所以不同意我们在一起，还给他找了个本地的女孩子相亲，他妈妈中意那个女孩子，希望他们在一起。"

我皱着眉头问："那他呢？关键在于他，他是什么态度？"

姑娘抹了一把眼泪，心疼地说："他是个很有孝心的人，之前也跟他妈妈谈了几次，但是他妈妈坚持不同意我们在一起，他也不想太伤父母的心，所以……"

看着她伤心欲绝却还在替他说话的样子，我又气又心疼。

年过三十，早已不信什么"父母不同意""我配不上你""我给不了你想要的生活"这些鬼话，所有没在一起的感情只有一个真相：其实我没那么爱你。

若问我最讨厌的男人是哪类，就是分手都不肯给真话，非要把自己包装得千般情深、万般无奈，分手还要给对方留下无限遐想空间的男人，自己轰轰烈烈开始新生活了，却让对方"欲留无计去难成"。偏偏有很多姑娘宁愿相信他有苦衷，也不愿意面对现实。

我刚开始写作时，认识一位厦门的女孩，那时读者少，比较有时间持续关注一段感情。

叫她小D吧，小D的故事和烘焙中心的小姑娘几乎如出一辙。小D和男朋友都是厦门人，但小D是单亲家庭的孩子，一直跟随母亲生活，母亲抚养她已是不易，家境自然不会太好。两人交往了一段时间后，男朋友把她带回家去见父母，男方的父母很嫌弃小D的出身，觉得这样一个女孩子肯定会拖累自己的儿子，所以一直不同意他们继续交往，无论小D怎么去讨他们的欢心，都是徒劳无功，但小D不死心，觉得时间长了，对方的父母一定会被自己感动的。但对方见小D不肯放弃，迅速给儿子找了一个局长的女儿，小D的家境自然不能和局长家相比，但她对这份感情很有信心。起初，男朋友确实很反对父母安排的姑娘，发誓说绝不辜负小D，但仅仅三个月后，他的态度开始有所转变，对小D不再那么热烈。半年后，他给小D的分手短信是这样的：小D，我父母坚决不同意，我妈还以死相逼，他们养育我一场不容易，我不想让他们这么伤心，即使我一千个一万个不愿意和你分手，可是现实不允许我们在一起，但是，我这辈子只爱你一个，离开你后，我只是一具行尸走肉。

小D抱着短信，哭得死去活来，她埋怨这个世界不公，埋怨自己没有一个好出身，埋怨自己无能得不到对方父母的喜欢，唯独不怪男友的离去。她说："他是个孝顺的人，我们今生无缘，我理解他的痛苦，我相信离开我他比我更难受，我不怪他。"

当时，我听得很堵心，心说：姑娘，若是离开你他比你更难受，无论如何他都会选择抗争。

但是不管如何好脾气的姑娘，在感情中大多非常固执，她们只愿意相信自己想相信的，而不会愿意面对真相。

男人很快和局长的女儿结了婚，并且有了一个女儿，而小D一直默默地在厦门打工疗伤。大概两年后，男人又开始联系小D，说自己的婚姻很不幸福，太太是官二代，性格脾气都不好，完全不能和小D的温柔体贴相比，而且他心里一直爱着小D，更加无法和太太相处。

小D听得很心痛，也很高兴，因为这两年来，男人果然没忘记她，他不爱他的老婆，他爱的人是她。

于是，他们又慢慢地开始联系起来，小D比原先更爱这个男人，她觉得这个婚姻不幸福的男人太可怜了，她要补偿他，她要让他幸福。所以，她成了他的情人，但她不认为自己是第三者，因为她和他相爱在先。

我和她就是在这个时候认识的，小D很爱他，却对未来很迷茫，因为再过两年就三十了，她也担心自己的未来。所以，她希望我给她指一条路，我不忍苛责这个痴情的姑娘，但是建议她无论如何应该离开这个男人，因为我看不出来他爱她，他有的只是补偿心理而已，太太给自己带来事业和生活上的提升，初恋情人给自己如痴如醉的爱情，他的人生自然是圆满了，可是却以两个女人的幸福为代价。

但令我没想到的是小D把我的话原封不动地转述给男人，质问他到底爱不爱自己。男人自然不会承认，跟小D说："你什么都好，就是耳根子太软，你别听别人挑拨离间，那是嫉妒我们的感情，我爱不爱你，难道你还不知道吗？我要是不爱你，还会这么千方百计地回头找你吗？"

当然，小D也把男人的话原封不动地转述给了我，我听后非常无语，然后我就不愿意再掺和这事了，因为我无法叫醒一个装睡的人。小D继续和男人在一起，男人怕其他人再说什么，开始干涉她的社交。除了这男人，我与她之间也没其他话题，渐渐就疏远了。

大概一年后吧，我突然看见她给我写了一封邮件，告诉我这一年来发生的事。原来她之所以之后很少上网除了男人的干涉，还有一个原因：她怀孕了。而在此时，男人的太太也发现了他们的地下情，起初小D挺高兴，她早就不愿意这样偷偷摸摸了，男人又再三告诉她只爱她一个，和老婆一点感情都没有，她觉得他们已经错过一次，这一次男人应该会为她和孩子负责，可是没想到，男人立刻回去哄老婆，求对方原谅，并且当着老婆的面给她打电话，说了很多难听的话，还说别想用孩子来要挟他，谁知道那孩子是谁的。

我看了看时间，邮件是三个月前写的，我试着做了回复，但小D似乎消失了。

我把这个故事讲给了烘焙中心的小姑娘听，希望她别步小D的后尘，我怕那个男人最后回头找她，让她成为他的婚外补偿，这样的例子实在太多。

很多时候，女人一旦爱上一个男人，就会变得比三岁的小孩还容易哄骗，甚至不需要对方欺骗，已经早早为他找好了理由。可是再多的自欺欺人也掩盖不了一个真相：他确实没那么爱你。

我曾问过一位男士：男人真爱一个女人是怎么样的？

他想了想说：钱给她，爱给她，人给她，就算脱层皮，爬也要爬到她身边。

姑娘，你听明白了吗？

别为任何人，轻易改变你自己

先生公司有一位负责销售的部长被检查出来有严重的胃病，如果不好好保养，有可能会变成胃癌。公司很人性化，立刻给他做了岗位调动，尽量不让他出差。

他的太太非常贤惠，知道老公的胃病都是这些年长期出差落下的，打算好好给他养一养。她怕公司餐厅烧的菜营养不够，每天一大早起来给他烧两荤两素，煲一锅浓浓的靓汤，还有一份不少于四种的餐后水果，这些东西用一个很精致的餐盒装着，上面还有漂亮的蝴蝶结。

那段时间，公司刮起了一股带餐风，我不知道竟然有那么多老婆如此多才多艺，这个给老公煲了汤，让带着中午喝，据说煲出来的汤香飘三尺，绝不输给五星级酒店；那个给老公做了寿司，让带去和同事们分享，听说口味不亚于正宗的日本餐厅。和她们一比，我简直不好意思承认我是个女人，瞬间把我作为老婆的那点信心打击得七零八落。

那段时间我特别害怕他们的同事在朋友圈里晒今天老婆又给我做了什么吃的，我从来没在上面留过言点过赞，怕他们突然想起我，问我你打算什么时候加入啊。我希望先生也别想起这事。

但有些事越想躲越躲不了。

有一天，先生回来跟我说："宝贝啊，公司的菜实在太难吃了，要不明天开始，你也给我带吧！"

我一阵心虚，这事太为难我了，我眨巴眨巴眼睛装糊涂："好啊，明天你想带什么，我叫阿姨给你准备好。"

先生显然不打算让我逃避："我也知道可以叫阿姨准备啊，但阿姨准备的和你准备的怎么一样呢？就算你不全做，起码和阿姨一起做啊，要不然人家问起，我也说不了谎啊！再说了，重在心意，否则我天天叫五星级大厨给我送到办公室好了。"

我知道我在烹饪上没有任何天赋，但我怕他失望，怕他因为失望而降低对我的爱，于是，我点点头答应下来。

第二天，他还在睡觉，我和阿姨早早就起来给他准备，阿姨习惯早起没觉得什么，但对我来说，早起实在太痛苦了。但先生说得没错，这种事需要爱意在里面，阿姨可以把菜做出来，但是选什么菜式、煲什么汤、如何与别人不一样，那都是考验心思的事，阿姨绝对无法代劳。

　　折腾了一小时后，我把所有东西装好，他也洗漱完毕了，看见餐桌上的食物，立刻眉开眼笑说一句宝贝辛苦了。我确实很辛苦，餐盒是昨天和他跑遍全市精心挑选的，晚上和擅长烹饪的同学讨论了两个小时才确定了四样既不很复杂也拿得出手的菜式，并且要经常变换。

　　前三天，我坚持下来了，但一个星期后，无论他怎么激励我，我都觉得我的耐心已经到了极限。

　　装完餐盒时，我忍不住想：每个人都有自己的优点，那位部长的太太擅长烹饪，可我实在没这方面的天赋，偶尔做做还行，天天做简直就是要我的命，而且现在只是做几个菜，未来我会遇到更多的挑战，就算穷尽毕生精力，我也不可能样样精通啊！

　　当初答应是怕他因此对我不满，怕他觉得我不如其他人的太太而不再那么喜欢我。可是婚姻那么漫长，谁也无法勉强自己太久，我不做这件事是不是就意味着我会失去他的爱呢？如果他因为我不肯做这件事而对我有意见，我会改变初衷继续勉强自己吗？答案是：不！那么既然如此，我为什么不现在就把真实的想法告诉他呢，让他现在就明白，我只想做我自己，我不想因为别人都在做这件事就跟着去做，我希望我们两人的相处模式随意而轻松。

　　我告诉他，明天开始我不想再准备了，因为我不擅长也不喜欢做这些。先生确实有些失望，但他从不勉强我。

　　不再干这些的我，生活又恢复到以前，每天早上写两个小时文章，然后看书，经营云意轩。两个月后，我的新书上市，很多人恭喜我。先生也在自己的朋友圈里晒了，看到别人真心地留言"你老婆真有才"，心满意足。

我躺在他怀里说："我不会做便当，但我会写书；我不喜欢做家务，但我会弹琴。每个人都有自己擅长和薄弱的地方，我希望你接受最真实的我。"

先生说："之前确实是我贪心了，我既要你精通琴棋书画，还要你擅长厨艺，看到别人都有，我的虚荣心就发作了，幸亏你及时罢工了，否则你一边继续，一边积压了对我的怨气，那我才得不偿失。"

之后，我们不再超越自己的能力去取悦对方，轻松自在地做最真实的自己。曾经我很害怕别人聊起如何照顾老公时，指着我说："人家是作家！"这话绝对不是夸奖我，言外之意是我光会写文章，不照顾老公的饮食起居，实在太"懒"，根本不是一个合格的太太，我也会有一刹那的不自信，我是不是真的不是一个好太太，如果先生娶了别人，会不会过得比现在幸福？

但现在再听到这样的话，我不会再怀疑自己，我会很大方地承认："偶尔也会做做，但确实做得不多，这方面真的不如别人。"我确实不会很多东西，但是每个男人需要的老婆都不是一样的，只要先生喜欢我就好。她们会的我不会，但我擅长的她们也不会，我并不觉得写书弹琴比洗衣做饭高贵，只是每个人擅长的领域不同而已。也许从实用性来讲，洗衣做饭更实用，但我只要在我擅长的领域里做到最好就行了。

　　曾经我很努力想去做先生心目中的女神，其他太太们会的我都会，并且做得更好，但现在我明白，最长久的感情是彼此做最真实的自己，不去讨好取悦，不去遮掩不足，老老实实地做一个不是十全十美的人。

　　经常会有姑娘问我，男朋友不满意自己哪里哪里，要不要去为他改变呢？我每每反问：如果你能坚持一辈子并且不抱怨，那就去改变吧！如果不能，那么你已经知道该怎么做了。

　　人应不应该改变？应该！我们有责任也有必要去做更好的自己，但所有的改变必须发自内心，是内心的驱动促使我们做出改变，而不是因为谁对我们不满而改变。每个人的心都很真实，它从不背叛自己的主人，乐意就是乐意，不愿意就是不愿意。任何勉强它的行为，都坚持不了太久。

　　我在《有多想要，就有多幸福》里写过一篇文章：玫瑰和月季。不管是玫瑰，还是月季，总会有欣赏的人存在，何必妄自菲薄呢？做玫瑰，就要做得娇艳欲滴，做月季，就要做得暗香浮动，不必谁羡慕谁，这就是最动人的事。

　　我的闺密当当，一直活得比我恣意真实，曾经我也担心过她会不会人缘不好，会不会造成生活困扰，但这么多年下来，我知道我的担心纯属庸人自扰，我喜欢她，别人也一样喜欢她，这个缺点和优点一样明显的女人，很懂得如何让自己舒适。喜欢她的人，喜欢她的神采飞扬、口无遮拦；不喜欢她的人，自然离她很远。但她不在意，用她的话说"我又不是人民币，人人都能喜欢我，就算我是人民币，架不住还有人喜欢美元英镑呢！越是怕这怕那的人，越是一无所有"。这家伙一直都是这么清醒睿智，面对谁都不会自卑，面对谁都不会虚伪遮掩。她不会为任何人改变，但多年下来，她为自己变得越来越好。

在生活中如此，在爱情中也是如此。

据说她第一次和老公约会时，她便直接叫他老男人，他回她一句笨女人，曾经我问她这么毫不掩饰，他没违和感？当当斜了我一眼说："当初我就对他说我就是这样的人，你喜欢我吗？"

对，我就是这样的人，你喜欢我吗？

阻碍你更优秀的，是你的思维

上个月，一位朋友提议自驾游，她负责开车，我们只要参与即可。于是，四个女人很快凑齐，选了一个城市就出发了。

都是女人的组合，几乎从一上车就开始聊天，聊着聊着有人问："人与人之间怎么会有这么大的差别呢？"另一位朋友回答出身不同，所以注定差别很大。

提出问题的那位朋友摇摇头说："不，很多原本差不多的人，几年之后就天差地别了，是能力和运气的差别吗？"

说到这个话题，我心有戚戚焉。在我看来，真正使人与人之间拉开距离的，是思维，是格局。

远的不说，光看看我文章下面的评论，就能发现思维才是决定一个人的关键。想起之前我一篇转发甚众的文章《和一个经常令你心寒的男人在一起，会冷一辈子》，有的男人在下面留言说要做一个暖男，好好疼爱身边的人。有的男人勃然大怒，在下面留言：呵，就会要求我们男人，怎么不说女人啊，女人也经常让男人心寒，有些女人根本没资格要求男人。还有一篇文章是《做一个表里不一的女人》，有的女人在下面留言说：看完文章发现自己还有很大的提升空间，要努力经营婚姻。有的女人在下面留言说：女人已经够委屈了，还要这样那样，怎么不说说男人的问题？他们配让我们努力吗？我记得还有一个女人是这样说的：有必要吗？未来中国会有3000万剩男，只有找不到老婆的男人，没有嫁不出去的女人。

从字面上理解，他们说的也是事实，男人具备的那些问题，女人往往也有，可是他们却忘了一点：你毕生的追求就是为了配一个各方面差到极点的女人吗？你不提升自己的原因就是为了那些满身毛病的女人吗？如果你还是想找一个各方面比较好的女人，那你有什么理由不让自己更好？至于你所谓的那些不值得男人去对她们好的女人，自有生活去惩罚她们。你要去比的是其他男人，你只有比他们更优秀更有魅力，才有更大的选择余地，当你优雅、宽和、睿智、成熟时，那些最好的女人的目光才会锁定你，你根本不用娶一个浅薄、无知、势利的女人，那么，你的注意力老放在这样的女人身上做什么？

这个道理同样也适用于女人，中国人口比例结构的失调，确实让女性在择偶市场上更有优势，可是，千万别以为从此就可以高枕无忧了。任何时候，唯有优雅、有内涵、高品质的姑娘才能得到同样优雅、有内涵、高品质男人的青睐。无论这世上有多少剩男，你想找的永远是那个优雅、宽厚、睿智、成熟的男人，而这些人，即使男女比例再失调，也绝不缺乏异性的青睐，你要赢得这样的男人，照样需要出类拔萃，那么，你还觉得很有优势吗？

曾经有一位同事，学历和能力都不错，当时招进来是作为重点培养对象的。但基本和他有过工作接触的人都对他不满。因为他有个典型的思维：凡事都是别人的错，即便他有错，那也是别人有错在先才使他犯错。这样的例子不胜枚举，我现在还记得的也有好几件。

有一次，另一位同事和他有某项工作接触，大意是需要他那边配合的事项，于是，就发邮件给他，结果他根本没做，问他时，他先发制人："你干吗发邮件给我？你应该打个电话给我嘛！"那位同事叫屈："我给你打电话了呀。"他还是说："你是给我打电话了，但你应该在电话里先说一下是什么事，不然我哪知道是哪封邮件啊？"那位同事觉得自己确实也有点责任，只好自己承担。

还有一次，公司让很多办公室里的人去商场锻炼一下，我们很多人都去了，每个人都做得挺好，只有他那里发生了客户纠纷：他忘了给客户赠品，被客户投诉。平时一直在办公室里，确实不太了解他们的流程，遇到这样的情况，只要耐心向客户道歉解释，基本就过去了。但他却一口咬定是客户太难缠，自己不主动提，于是客户一怒之下就投诉到了总部。但即使到了最后，他也不认为自己有错，他觉得是这个客户太极品。时间久了，他有个绰号叫"总有理"。在他的世界里，自己从来不会错：买不起房子，那是因为房价太高；不会这个那个，那是因为小时候没这条件；领导交代下来的任务没完成，不是自己的问题，是领导给的任务太难了。总之，错误都是别人的，美德都是自己的，最直接的结果是整个公司上上下下都不待见他。

一个从不认错的人，自然不会反省改变，更不会想到要提升自己。几年后，当初不如他的人几乎都有了不同程度的升迁，只有他，多年来始终如一地一动不动，他认为这是领导没眼光、自己太背的缘故。

当初招他进来的领导觉得很可惜，明明能力不错，却是这样的结局。

还有一个朋友，但凡上班，就会到处找人聊天，偶尔，她也会找我，我委婉地问她怎么有这么多时间呢？她说工作清闲得很，很多事情也不急，那就慢慢做喽。我劝她去学点其他东西充实一下自己也好。她很不以为然，认为一个月几千的工资，值得自己再去学什么东西吗？她问我辞职自己干后是不是更自由更舒服了，我说每天工作时间10小时以上，也不轻松。她说你给自己干努力点是应该的。

我不知道该怎么跟她聊下去了。生活中这样想的人很多，领导加班加点是应该的，谁叫他赚得多呢！但他们恰恰忽略了一点，很多人都是从平凡慢慢走向卓越的，谁也不是一开始就功成名就。

我发现，有些人之所以比别人差，并不是能力不足，恰恰是思维模式限制了他。这类人，不管如何天赋异禀，终究难成大器。

他们身上都有这样的特征：从来不去和更优秀的人比，眼睛永远只盯一处，就是那些比他们更差的人；总是认为自己更优秀就是便宜了谁谁谁。

他们不愿意在职场上变得更好，因为觉得自己得到的太少了，总以最差的工作状态对待老板，却忘了浪费的人生是自己的；他们不愿意在婚恋市场变得更好，因为他们认为自己好了就是便宜那些垃圾女人，却不知只要更优秀更睿智，根本不需要和这样的女人生活，但因为拒绝优秀，最后往往只能和这样的伴侣匹配。

他们从不认为自己有错，就算有错，也是别人有错在先，就算要改，也得别人先改。

有什么样的思维就会呈现出什么样的为人处世。生活中的每个人，都会遵循其思维模式，奔向一个必然的宿命，这便是性格决定命运。

姑娘，你本末倒置了

有位姑娘在我微博里和我倾诉，义愤填膺地控诉新婚一个月以来的遭遇，在蜜月还没结束时，她清楚地记得那是结婚第28天早上，老公提出来要共同承担家庭开销，要她每个月出工资的三分之一作为家用，当时她就惊呆了，回过神来勃然大怒，和老公大吵一架，指责对方小气、一点都不爱她，她问我："你见过这么小气的男人吗？竟然要我出生活费！养家是男人的责任，女人只要能管好自己就可以了，我周围的人都是老公养家，从来没听说过女人也要分担家用，我怎么这么倒霉，嫁了个这样的男人。"

接下来她细数了老公其他小气的事迹，比如买房子时不肯多出两万，要两家平摊，装修时也斤斤计较，当时想着等成为一家人后也许会好一点，没想到却是变本加厉，现在竟然发展到要她出家用了。在她看来，一起买房子装修她还能勉强接受，但是出家用是她绝对无法忍受的事情。

我理解她的感受，但平心而论，我不觉得她老公这个要求有多么过分，当今社会女人的压力大，男人的压力也不小，很多家庭光靠男人根本无法支撑起来，所以妻子共同承担家庭建设的情况也并不少见，这是很正常的事。

当我委婉地表达了自己的看法后，她更激动了，激烈地反问我："那我想知道晚情在家需要出家用吗？你老公会事事和你算得很清楚吗？我希望你能告诉我实话。"

我坦白告诉她，先生没要我出任何家用，他赚来的钱除了自己的开销之外，全部存在我的名下，家里的东西除了他在开的车子是他的名字外，其他的都登记在我的名下，只有其中一套房子在我的坚持下，加上了他的名字。

听我这么说，姑娘更激动了："那你还认为我老公的要求不过分？如果你老公这么要求你的话，我估计你早就跟他离婚了。"

我叫她冷静一点，听我慢慢说。

在我们打算结婚买房时，先生就告诉我买房是男人的事，我只要选好楼盘就行，但是在看中房子的那一天，我把一张30万的卡交给他，说："虽然你不需要我出钱，也不缺我这点钱，但家是两个人的，我也想出一份力。"

那时候，我所有的积蓄，只有32万。结完婚后，开始要涉及家庭财政了，他是个极注重生活品质的人，家里开销比较大，那时我的收入不多，即使一半中的一半，我也负担不起，但我主动提出，分担家里十分之一的开销，虽然不多，但家是共同的，我想跟他一起建设。在他把所有钱都给我的时候，我出不出家用只是一个形式而已，但这说明我的态度：我没有觉得你的付出是理所当然的，我愿意尽我最大的努力和你一起建设我们的家。

后来去做房产证，他提出只写我的名字就行了，但我坚持要加上他的名字。当时我家人听说后，气得要死，尤其是我姑姑，恨不得拎着我的耳朵数落我："我们家怎么会出你这种傻子啊，人家要不到挖空心思也去要，他愿意主动给你，你还往外推，你脑子是不是坏掉了？万一他哪天变心，你想要都要不到了。"

在这件事上，我完全按照自己的想法做了，金钱确实很重要，但是人要懂得将心比心，先付出一些没什么关系，如果发现对方得寸进尺，及时调整做法也来得及。

也有很多朋友和读者问我：到底怎么做才能让老公心甘情愿将所有身家给我呢？甚至还有人直言不讳地表示佩服我：晚情，我觉得你好聪明哦，以退为进，不在乎眼前的一点得失，完完全全地征服对方，那样他的人和钱都是你的。

我想会这么想肯定是宫廷剧看多了，夫妻之间哪有这么复杂，用得上这些手段和计谋？其实答案很简单：我从来没有想过要别人来养我，即使在他完全心甘情愿的时候，我依然快乐地自己养自己。

曾经看到一个群里聊得很热烈，大意就是在分享如何让男人为自己花钱，大家纷纷贡献自己的经验：已婚的说要对他温柔体贴，感动了他自然就会把钱交给自己管了；未婚的说一开始要假装很清高的样子，让对方觉得自己根本不爱钱，这样对方就会主动送上门来了，还有的说要以小博大。

当时看得我一阵胆寒，心想幸亏我不是男人，不会被这样算计。

每当我听到别人在聊如何让男人为自己花钱时，我就在想我们既不缺脑也不缺才，为何要步步为营去算计男人的钱呢？与其要那么多手段只为得到对方的钱，用这种执着的精神去做自己的事业，大多都应该有所成就了。

也有姑娘会说：我也不是一定要他的钱啊，可是你知道男人的钱不给你用就会给别人用，我担心他在外面乱来。

可是亲爱的姑娘，你大概没想过这一点，你独立、自信、有能力、有思想和你处心积虑地要他的钱，你觉得哪个更吸引他呢？如果前者还不能吸引他，那么后者多半也没戏。

如果要上升到心理学的角度，其实也不难理解，越喜欢索取的女人，能够得到的东西往往并不比自我努力的女人多，因为每个人都不喜欢被索取，我们都愿意为没有目的的人付出，亦舒曾经说过一句名言：我们喜欢那些为我们付出的人，至于那些要我们付出的人，我们讨厌他。其实，男女皆是如此。

我们每个人一生都会面临两个问题：我想要什么样的人？我要得起什么样的人？想要是一回事，要得起是另外一回事。多金、豪爽又一心一意对自己的男人是每个女人的终极目标，可是亲爱的，我们总要给他们一个爱自己的理由。那些无论女主情商多么低下，智商欠费多么厉害，性格更是一无是处，还有帅到掉渣、富可敌国的男主矢志不渝地爱着她的情节只会出现在言情小说里，现实里这样的傻瓜有可能100年也不会出现一个。与其做这种不切实际的梦，不如想想怎么自立，当你独立又优秀的时候，自然有男人拿着大把的钱讨你欢心。

还是那句话，我们有手有脚有脑子，何必要处心积虑地算计男人的钱，甚至，我们应该让男人知道：我们有足够的能力为自己的生活埋单，我愿意接受你的钱，那是因为我爱你，因为，不是随便什么人都有机会为我花钱的。

没有人品，哪有真爱？

　　我认识一位姑娘，最近刚刚第三次离婚，不过和其他人不同的是，她三次结婚离婚的对象都是同一个人。

　　刚毕业时她认识了一个家境不太好的小伙子，当时觉得他对自己特别好，家境好不好又不是他能选择的，毅然决然地嫁给了他，婚后两人白手起家，日子刚刚有点起色，他便爱上了其他女人，但是这一切当时的她并不知道，后来因为情人逼得厉害，就以房子限购为借口，和她商量办理假离婚，毫不知情的她很爽快地同意了。之后对于复婚一事，他一直闪烁其词，奈何当时家里的主要财产都在她手中，如果真的离婚，日子很不好过，之前的离婚也非真心，只是为了稳住情人而已，所以没过多久还是复了婚。

　　后来遇到孩子上学和迁户口问题，他再次提出了假离婚，为了孩子她还是答应了，不过她并不笨，虽是假离婚，她还是要求把房子等财产都列到自己和孩子名下，男人不太愿意，她狐疑地看着他说："只是假离婚而已，还是你有什么其他想法呢？"于是，男人只得按照她的要求和她办理了离婚手续。当然，男人没得到自己想要的结果，他们很快又复婚了。再次复婚后，男人开始耍心眼儿了，悄悄转移财产，当转移得差不多了，正式提出了离婚，要求分割那部分他无法转移的财产。她自然不愿意，但离婚可不是不愿意就可以不离的，折腾了一年多，还是离了，感情和财产双重损失。

离婚后，她恨恨地告诉我："称他为人都抬举他了，你不知道他的人品有多差，做生意时，可以为了自己的利益，不择手段去侵害别人的利益，交朋友只看有没有利用价值，就算是对待自己的父母亲人，他都冷酷无情。在他眼里，除了利益再无其他。"

我问："和这样一个人生活了多年，难道现在才发现吗？"

她别别扭扭地告诉我，以前他对自己太好了，让她觉得无论他对别人怎样，对自己都是真心真意的，那些用在别人身上的手段和伎俩，他肯定不会拿来对付她，她一直是这么认为的。

我想还有一个原因她没好意思说，因为当时是利益共同体，所以才能过这么多年，现在他把这一切冷酷手段都用在她身上了，才不得不承认他就是这样一个人。

其实很多姑娘在谈恋爱的时候就已经发现对方人品上的瑕疵，可是爱情能够使人忽略很多东西，只要爱上了，很多问题就会视而不见，甚至不需要对方解释，就已经为他找好了借口，就算他做的事情挑战了自己的道德观，也会安慰自己：人无完人，每个人都有缺点，真爱就是要包容他的缺点。甚至还有姑娘看见他对别人的冷漠，心里有一丝欣喜：只要他对我好就行了，要是他对每个人都好，那才闹心呢，我又不需要一个中央空调。

我们不得不承认，那些看起来"很坏"的男人对某个女人好的时候，更加有杀伤力。《射雕英雄传》中杨康可以认贼作父，可以为了荣华富贵不择手段，可以去杀拜把兄弟，唯独对穆念慈一往情深，身为大金国的小王爷，天下女子都不在话下，却只要穆念慈一人，为了得到她的爱，谎话说尽，笑脸赔尽。穆念慈不知道杨康的人品吗？不知道他做的那些事吗？知道！可是却一次次地选择相信他，甚至知道他在骗自己，还是无法离开他，当他身中奇毒时，依然愿意用自己的命去换他的命。

哪个女人不希望自己在爱人心里是独一无二的，所以那些电视剧里反派角色的深情永远更能打动少女的心。前段时间，微信里到处转发着一条消息：白子画有十颗糖，他会给花千骨一颗，东方彧卿有十颗糖，他会把十颗糖都给花千骨，杀阡陌没有糖，但他可以上天入地去为花千骨找糖，所以女人要找，就要找杀阡陌这样的男人。为什么？杀阡陌身为魔界圣君，对所有人都冷酷无情，却独独爱惨了花千骨，为了她可以放弃自己的原则，为了她可以付出一切，比一天到晚天下苍生、想爱不敢爱的白子画爱得更加热烈深情，怎不教女人为他痴狂？

但生活不是电视剧，不是每一段恋情都能走向白头偕老，当所有的感情被生活摧毁之后，一切问题都将呈现出来，当你成为旁人之后，他曾经恶劣的一面，会原原本本施加到你身上，让你欲哭无泪、悔不当初。曾经以为的真爱，只剩下满目疮痍，曾经深爱的人，会面目狰狞地站在你面前。

当一段感情走向灭亡时，真正能使女人少受伤害的只有他的人品。只有人品出众的男人才不会在分手时把一切责任推向你，也不会在分手时无所不用其极地纠缠你、恐吓你，更不会在分手后到处抹黑你。

没有人品的男人，绝没有真爱，若说他真有什么爱，也只是对他自己。

两年前有一位姑娘在我的微博下留言，当时她正等着心爱的人离婚娶她，很想找个人倾诉，又不能把这些事告诉身边的人。我也不是卫道士，并没有因此对她有什么看法，她告诉我，男人之所以迟迟离不了婚，是因为财产，他想以最小的代价把婚离了，然后两人开始过幸福的日子，但太太怎会如他所愿？所以他打算以冷暴力迫使太太答应离婚。言语中，她流露出对那位太太的不满，认为那个女人太爱钱。我委婉地问她，一个男人对曾经的爱人如此决绝，真的一点都不担心吗？姑娘说，男人这样做，说明对太太一点感情都没有了，他爱的人是她。我自然不会说他现在这样对他太太，说不定以后也会这样对你，热恋中的人大多无法客观冷静地对待别人中肯的看法，我只是告诉她如果这个男人处理前面的感情时表现得有情有义，未来对你好的可能性更大。姑娘不以为然，认为男人对太太无情决绝才能证明他对她已经一丁点感情都没有了。很多姑娘都希望看到男人对前任冷酷决绝，只要男人稍微表现出来一点仁厚，就认为是余情未了。殊不知，分手时的仁厚，大多与爱无关，与人品有关。

很多姑娘把"对我好"作为选择恋人的最重要标准，但只有人品好的人对你好，他的好才有价值。

所以，热恋时，不要把所有注意力都放在他为自己做了什么上，也抬头看一看，他对待公司的同事，是中肯客观，还是恶意批评？对待自己的朋友，是仗义热情还是功利主义？遇到需要帮助的人，是袖手旁观，还是施以援手？对待自己的父母，是温和周到，还是态度恶劣、一味索取？尤其是对待自己的前任，是各种手撕，还是保持缄默，这一切，足以看出一个人的人品。

人生那么漫长，不看清楚一个人，何以共度人生？

除了嫉妒，你还有第二个选择

前两天不小心弄伤了脖子，很矫情地在朋友圈求安慰。许久不见的同学Z第二天要来我所在的城市出差，留言说要来看我，顺便叙叙旧，我有点意外，因为已有几年未见，但故人来访，依然开心。

第二天Z一办完事就来找我，开门见到她的那一刻，我愣住了，几乎没认出她来。我相信所有曾经认识Z的人，此刻看见她站在面前都会有和我一样的反应。

Z穿着一身得体的九分裤套装，休闲而不失女人味，手上拎着一只精致的小包，微鬈的头发自然地垂在两边，小耳垂上缀着一对小巧的珍珠耳钉，立刻将披着睡袍、头发蓬松的我衬托得如落魄卖花女。但真正让我惊讶的不是她的打扮，现代女性，但凡稍微用点心打扮自己，都能穿出不俗的品位，而是她那由内而外散发的知性淡雅的气质。

我认识Z已经有十几年了，我们是大学同学，从不同的地方考到上海，我来自南方，她来自西北地区，我们还是隔壁寝室。

刚进大学那会儿，Z是所有人公认的土妞，9月份报到时，她穿着一件十几年前款式的衬衣，颜色也不好看，脸色泛着黑黄，把一头长发梳成一条辫子，和上海那些小姑娘相比，差距实在很大，很多人路过她身边时，总会再打量她几眼，眼中分明露出几分鄙夷，更让Z备受嘲笑的是无论她的普通话还是英语都带着浓浓的方言味道。

当时听说她寝室里的其他室友都看不起她，不太愿意和她一起出去，觉得丢人，所以Z一个人显得很孤独。

大概一个月后的一个周末，寝室里只有我和另一位室友，Z过来敲门，小心翼翼地问我们有没有随身听和英语磁带，能否借给她听听，室友是个很大方的姑娘，立刻把在听的随身听借给了她，我也找了几盘磁带给她。

之后，Z经常在周末过来借东西，起初是磁带这些学习资料，后来也借些杂志之类的，我们知道Z家境不太好，也愿意提供方便。Z的成绩很好，期末时，她给我和室友送来两份复习资料，都是她认真做的笔记，这件小事让我对Z的印象特别好。

大概一年后，我在食堂听见两个同学在议论Z："你发现没有，Z这一年来普通话和英语标准多了，穿衣服好像也不那么土了。"

另一个同学嗤笑一声："那当然了，我听她寝室的人说她可努力了，又借磁带练习发音，又看时尚杂志的，我们班那个玉婷不是家里有点钱，又觉得自己很漂亮，老觉得自己是时尚的代言人吗？Z还去跟她请教怎么美白，怎么化妆呢！这么努力总得有点效果吧？不过乡下妞就是乡下妞，再怎么折腾也就那样。"

我突然想起，这一年里，Z的变化真的很大，皮肤已经不像一年前那么黄了，衣服虽然说不上多有品位，但看着比以前舒服多了，谈吐也有很大改变。

于是，我开始注意Z，发现Z有一个最大的优点。一般女孩子看到周围的人比自己好，都有点酸溜溜的感觉，严重点的还会产生羡慕嫉妒恨的情绪，但Z从不。看到谁的成绩比自己好，她不会酸溜溜地说别人运气好甚至怀疑对方作弊，她会虚心请教对方的学习方法；看到哪位同学暑假回来变漂亮了，不会阴恻恻地说对方也许去整容了，她会诚恳地向对方讨教美丽秘籍。

四年一晃而过，毕业时Z身上已经再也看不到当初的土气，我知道她为了融入这个环境做了多少努力，心里竟有些心疼她。

"哎，在想什么呢？"Z的声音把我拉回现实。

我笑笑，坦诚道："在感慨你身上的变化，早知道你现在这么美，刚才我也应该打扮一下再迎接你。"

Z笑得很爽朗："你可别打扮，你一打扮就不符合你病人的身份了。"

在我好奇的目光里，Z开始跟我讲这些年来的经历。毕业后，她进了外企，虽然大学四年里，她已经非常努力地完善自己，并且认为自己已经脱胎换骨，可是进了外企才知道，历史又重演了，自己还是那个最土最俗的丑小鸭。短暂的失落后，她开始仔细观察身边的人：最受领导器重的同事是如何工作的，最受欢迎的同事是如何为人处世的，最有品位的姑娘是如何穿衣打扮的，最有教养的姑娘平时都喜欢做些什么。当别人在旁边酸溜溜地议论受领导器重的同事必定是个马屁精、最受欢迎的同事虚伪至极云云，Z正以一日千里的速度蜕变，她虚心地请那些在自己眼里很出色的同事推荐书籍、指点工作，真诚地赞美别人，使劲地吸收她们的长处。当那些爱嫉妒的同事还在原地继续嫉妒时，Z已经成为公司里进步最快的员工，她以自己的努力、谦虚、好学，成为最受领导器重的员工之一，直到某一天，成为别人眼里羡慕的对象，完成了华丽的逆袭。

看着Z此刻优雅地坐在我面前，我欣赏她的聪慧和大气，她选择了另一条路，快速地成就了自己。

送走Z后，我想起了另一位朋友何总。五年前，何总还不是何总，身边聚集了一堆差不多层次的朋友，后来，有一位朋友辞职后赚了大钱，当其他人暗地里泛酸时，何总真心恭贺，虚心请教社会大势、致富之路，于是，何总成了第二个在朋友当中赚了大钱的人。

很多人对待别人的成功和幸福总是缺乏善意，可是心态不同，最后的结局也不一样。看到别人晒幸福，不要急着想晒幸福死得早，放平心态，与对方聊一聊如何拥有幸福不是更划算吗？看到别人成功，先收起酸溜溜的心情，问问对方成功的经验不是更有意义吗？

看到身边的人突然嫁了一个高富帅，有的姑娘会没完没了地各种扒，直到把对方扒成心机女不择手段，再来个暗暗的诅咒"看她能得意到几时？"才稍稍觉得心理平衡，而有的姑娘就会学习对方身上的优点，在生活中慢慢修炼。所以前者永远都是一个尖酸刻薄满腹怨气的人，后者往往已经找到了属于自己的那一份幸福。

聪明的姑娘不嫉妒！因为她们明白嫉妒不会使对方少点什么，也不会使自己增加点什么，只会使现有的生活更加糟糕而已，所以她们只会学习对方的优点。

其实，这个世界上有的是比自己出色的人，嫉妒也嫉妒不过来，除了嫉妒，我们还有第二个选择。只要我们心怀虔诚、动机纯良、懂得感恩，这世界上有很多人都愿意无私地分享自己的经验。

别让你的聪明成为你成功的障碍

在我所有朋友当中，L是我非常钦佩的一个人。

她是我以前的同事，比我晚半年进公司，因为我们的工作接触特别多，招她进来的主管带她来见我。我至今还记得第一次见到她的样子，看起来憨憨的，带着满脸笑容，皮肤有点暗黄粗糙，因为刚出校门，浑身上下透着一股子单纯。

一开始，我对L没有太多的感觉，这个岗位是全公司换人最频繁的地方，我进公司半年就换了三个了，心想估计L也待不长。

但我真心舍不得L离职啊！她是个非常勤快、仔细，并且从不计较得失的人。

我一向比较喜欢有挑战的工作，对于那些日常琐碎的工作都抱着一种厌烦的情绪，简单地说，那时的我有些浮躁，而L恰恰弥补了我这方面的薄弱。对于那些表格，我是打心里厌烦，L的其中一项工作就是统计这些，每次我都会在最后一刻，在L多次询问时才交给她，甚至对于她的催促有点不耐烦。没过多久，L看出我对这些事情的厌烦，主动提出以后我把数据给她，由她来汇总吧。当时我不敢相信有人愿意分担这种琐碎的工作，甚至还小人之心地想，她是不是有什么目的啊？但L非常磊落地接过这项工作，她做得比我好很多，并且，她和我心照不宣地守着这个秘密。

Excel尤其是我的弱点，L贴心地叫我也交给她吧，她可以加班给我做好。慢慢地，我们成了无话不谈的好朋友。L做的Excel比我做的漂亮太多，当我第一次交给领导时，领导深知我的弱项，还特意问了一句，怎么这次做得这么漂亮呢？

自从L进了公司，我的职场生活顿时美妙很多。L为人大度，不爱计较，很多同事和领导都喜欢她，但她应聘的岗位恰恰是全公司的人最不愿去的部门，因为那个部门有个脾气非常火暴的领导。

她的上司以苛刻出名，全公司都知道他是一个脾气火暴、要求苛刻、说话不留情面的家伙，之前那些人之所以离职，很大程度上就是因为他的脾气，但同时，他的能力也是卓绝的。

有一次，我去找L吃饭，正好碰到她领导在那劈头盖脸地训她："你怎么做事的？为什么这份报告现在还没打上来？上点心行不行？"

事实上，这些工作原本不是L的职责，只是同部门的另一位同事请了孕假，L的领导找不到人，只好把火发到她头上。但L没有任何一句辩解，笑眯眯地听着领导教训，一面赶紧开始按照领导的要求工作。

我吃完给L打包了一份消夜送去，忍不住为她鸣不平，叫她厉害点，别老莫名其妙做别人的替罪羊。

L一点恼色都没有，笑眯眯地做好原本不属于她的工作。

我心疼她的同时不禁也佩服她的心态，若换作是我，必然是做不到的。

L不但不计较领导随时爆发的脾气，并且还打心底里尊重领导，偶尔我看不惯她领导对她的态度，她还会反过来劝我，每个人都有缺点，领导的缺点就是脾气急一点，人绝对是好人，搞得我也不好多说什么。

每天早上，L都早早过来给领导的办公室开窗通风，然后泡好茶，得到的回复只有一句冷冰冰的"放着吧"，但L不介意，天天都泡，遇到领导心情好的时候，L会赶紧凑上去说："领导，最近感觉工作时有些知识不够用，你能指点我一二吗？"

领导看L是全部门唯一肯全方位包容他的人，偶尔就指点指点她。有时，领导也会问她自己脾气不好，怎么不躲得远点。L笑眯眯地说有本事的人脾气都大，为了学本事，自然是要吃得苦中苦的，以前的人拜师还要给师傅倒夜壶，还会挨打，这么看来，自己的待遇已经算很好了。

不知道领导是不是被L这番话触动了，接下来他并不是可有可无随意指点L两句，而是开始真心真意地把自己的本事教给L了，L

惊喜莫名，对领导更加尊重周到。领导的脾气依然不好，如果他教L一遍没懂，再去问他，必然要挨他两句骂："怎么这么笨？想当年我进步可比你快多了。"

L嬉皮笑脸："是是是，我哪能跟您比啊，您再给我解释解释吧！"

领导很不耐烦地快速重复一遍，任L自行去琢磨。

就这么几年过去后，L竟把领导的本事学了个九成九，领导对L依然时常疾言厉色，但行动中早将L视为自己的学生了。

我离职时L已经成为领导的得力助手，如今，她更是自立门户，干得风生水起，她的专业能力之强，令很多业内人士刮目相看，她的宽容大度，也令所有与她有过合作的人，铁了心地要和她长久合作下去。在大家眼里，跟其他人合作是有风险的，但和L合作，绝不用担心吃亏。在各行各业不景气的大环境下，L公司的业绩却如坐了火箭一样噌噌噌地上升。

有人说过，这是个傻瓜统治聪明人的世界，傻瓜之所以会胜利，是因为他们很傻，不会自视过高，不会精于算计，更不会计较得失。

小时候看《射雕英雄传》，我一直认为黄蓉是整个剧中最聪明的人，一度希望成为她那样的人，聪明绝顶、洞悉一切，前段时间重温这部剧，却认为郭靖才是真正聪明的那个人。

以世俗的眼光来看，郭靖不但不聪明，还有点呆傻的嫌疑，可这样一个愚钝的傻小子，最后却成为一代大侠。他能娶到全天下最聪明的姑娘——黄蓉，拜了五绝之一的洪七公为师，有着黄药师那样的岳父，这些人谁都比他聪明百倍，最终都成为郭靖成长路上的助力。但比他聪明百倍的杨康和欧阳克却没有郭靖那么多的助力，很多人都认为这个傻小子太走运。但事实真的只是运气吗？他之所以吸引那么多人，恰恰因为他傻，他不像杨康那么心术不正，也不像欧阳克满腹诡计，他对待所有人都只有一个标准：宽厚耿直，单纯善良。所有正直的大佬选择提携年轻人时，首先考虑的就是一个人的人品性情，你可以不聪明，但一定要有坚忍不拔、虚心好学的品质。

当然，并不是说聪明的人就一定人品有问题。但聪明的人大多自视甚高，甚至潜意识中就带着一种自负的傲慢，自然不肯也不愿低下自己的头颅。人有所长，我有所短，这是人人明白的道理。可是恃己所长，轻人所短，却也是很多人的天性。正是这种不甘低头的傲气，使很多聪明人的成就始终不如那些智力一般的人。

金庸老先生在书中也曾写道：聪明的人因心思过于灵敏，心中千头万绪，是以样样难以精通，反不及愚钝之人专心致志、专于一门。

所以，别让你的聪明成为你成功的障碍。

人生很长，没有谁是永远的赢家

　　周末先生去参加行业峰会，当当约我一起逛街，两个女人逛了半天，提着自己的战利品找吃饭的地方。

　　突然当当撞撞我的手臂，很吃惊地问："喂，你快看看，那个人是小C吗？"

　　彼时，我正摩挲着自己的手机，头也不抬地说："小C不是和老公在澳洲度假吗？怎么可能在这里！"

　　当当一把夺过我的手机："所以我才奇怪啊，你快看。"

　　我顺着她指的方向看去，果然是小C，正漫无目的地到处逛着。

　　但我记得一个小时前，小C还在朋友圈里更新了一组和老公在澳洲的照片，还夸澳洲的天气比中国好得多，食品也安全。

　　小C是我们一个朋友，也是朋友圈里幸福的楷模，她和老公从大学开始谈恋爱。她老公不但俊朗挺拔，而且才华横溢，刚毕业就被很好的单位聘用，前几年自己辞职办了公司，短短几年就把公司经营得风生水起，去年还被市里评为十佳杰出青年，小C自己是一家广告公司的经理，很受老板器重。前几天，她还很甜蜜地告诉我们，老公要带她去澳洲度假，问我们有没有什么要带的。

　　她怎么会出现在这里呢？

　　我和当当分别打开自己的朋友圈，这几天来，小C所有的更新都是关于澳洲度假的信息。

　　大概熟人之间有感应，小C突然抬起头，看见我和当当正狐疑地看着她。六目相对的那一刻，我分明看到了她眼中的尴尬，然后，她匆匆低下头，加快脚步离开了我们的视线。

　　过了十几分钟，小C突然打电话给我们，说中午一起吃饭吧！

　　小C告诉我们，老公发达后就有很多女人投怀送抱，很快就和公司里的小姑娘搞在一起，甚至还趁她出差时带回家鬼混，起初老公死活不肯承认，然后她把枕头上几根棕色的长发拿给他看，因为她担心染发对身体不好，从来都是黑色短发，在证据面前，他才不得不承认，但却语气强硬，态度蛮横，倒过来指责她忙于事业，不关心他，不够温柔体贴。

　　小C好强，不愿意在这种婚姻里受辱，提出离婚，老公愤怒不已。离婚那天，老公愤愤地对她说："你以为你很有骨气吗？我离了婚是黄金单身汉，你呢？离异女人一个，又失去了我带给你的光环，就等着别人同情怜悯你吧！"

公司里的人向来捧高踩低，由于小C是婚姻事业双丰收的人，平时大家对她都怀有一种近乎崇拜的心理，看见小C的前夫又获得什么奖时，总是一脸羡慕地说："小C姐，你好幸福哦！"尤其是父母，总是拿着女婿到处向别人吹嘘自己的女儿多么有眼光，女婿是多么出色，她实在不知道父母知道实情后会如何。

我和当当听后，不知说什么好，良久才说："纸总归包不住火，瞒得了一时，不可能瞒一世啊！"

小C重重叹了口气，随即释然，她告诉我们，刚才匆匆离去后，一路想了很多，隐瞒离婚的这段日子过得特别累，心累，每天要编造谎言，每天要圆谎，而且不知道什么时候谎言就被戳穿了，现在说完这一切，突然就觉得轻松了。

这一刻，我突然想起了我的大学同学嘉嘉。

大学时我们班里有一个非常洋气的女孩，特别会打扮，同学告诉我，她叫嘉嘉，是香港人，父母都在香港经商，而且有一个富二代男朋友，每个周末都会开着奔驰来接她。对于我们这群刚刚脱离高考、浑身上下都脱不了书卷气的女孩，嘉嘉就像是言情小说中的女主角，当我们背着从七浦路买的几十块钱的包包时，嘉嘉拎的都是杂志上出现的奢侈品包包。

很多女孩偷偷地模仿着嘉嘉的穿衣打扮，但是有一天，室友突然告诉我："你知道吗？嘉嘉根本不是什么香港人，她是安徽人。"

当时我无比吃惊，怎么可能？嘉嘉只喜欢听粤语歌，穿衣打扮都像杂志封面上的女明星。

室友告诉我，这是千真万确的事，前段时间嘉嘉的钱包掉在教室里，一位同学捡到了，里面有她的身份证，上面明明白白写着安徽省，难怪曾经有人在去安徽的火车上看到过她，当时她解释说是去看朋友，现在想来，应该是回家。她的男朋友也不是什么富二代，只是个给老板开车的司机而已，所以能开着奔驰来接她。

后来，关于嘉嘉的传言越来越多，她的首饰都是假的，所谓克拉钻其实只是锆石而已，那些奢侈品包包都是仿的。然后她身上就被贴上了标签，"虚荣""大骗子"。所有人都孤立了她，她也仿佛成了隐形人，一个人独来独往，听同学说嘉嘉的室友一度想把她赶出寝室，但没有人同情她，大家都觉得她咎由自取。

有一次，我的电脑中了病毒，去找电脑高手秀秀给我重装，秀秀不在寝室，开门的是嘉嘉，眼睛红红的，我问她怎么了。

我现在还记得她当时伏在桌子上，边哭边说："我是骗了大家，可是我也没做损害大家的事啊！我只想让别人看得起我一点，我尝够了被别人看不起的滋味，我努力学习粤语，努力学习打扮，我只是想要一点点尊重而已。"

生活在这个世界上，我们每个人都渴望得到别人的肯定，甚至是羡慕和赞赏，谁也不想活得卑微低下。有时候，别人一个羡慕激赏的眼神，比实实在在的成功更能令人满足，尤其是曾经得到过这种羡慕眼神的人，更不愿意别人看见自己的失意，唯恐自己跌入泥潭，被人践踏，于是，只好用种种假象包装自己，让自己看起来是那么的光彩夺目。

可是人生那么漫长，偶尔失意又如何？出身不好又如何？没有谁是永远站在成功之上的，也没有谁是永远幸福的。每个人都逃脱不了暂时的失意或失败，不过，这些都不要紧，任何失意或失败，只要正确对待，都将是一笔财富。失败了，才知道自己有什么问题；失意了，才知道谁是真正对自己好的人。跌倒了，就努力爬起来，掸掸身上的灰尘，继续向前，而不是编造一个个的谎言去支撑那份荣耀，欺骗别人也麻痹自己。虚幻终究是虚幻，永远也变不成真实，梦境总有清醒的一天。

我们应该有这样的底气：是的，我曾经很幸福，可是现在失去了幸福，但这都是暂时的，我会努力调整好自己，会比从前更幸福。

我们也应该有这样的底气：是的，我出身一般，既不富也不贵，但那是我无法选择的事，成年之前的生活我无从选择，但当我成年之后，我会拼尽全力让自己过上想要的生活。

这世上，只有一种男人不会出轨

一年前，我在售楼中心认识一位大姐，相互加了微信。她除了经常在我发到朋友圈里的文章下面点赞，我们并没有很深的交集。

有一天深夜，她突然找我，她说今天晚上孩子发烧，可是老公去打麻将了，她打电话给他，他很不耐烦，说："你怎么带孩子的？连个孩子都照顾不好，你还能干什么？"老公让她赶紧烧些热水给孩子喝，如果不行就送医院。

她喂孩子喝了些热水，可孩子不出汗，热度一直不下去，她只好再打电话给他，叫他别打麻将了，回来和她一起送孩子去医院吧！男人非但没有回来，还把输钱的火撒在她身上："你有完没完？打个麻将也打不爽快，你故意跟我作对是吧？难怪今天手气那么差。去个医院需要全家都上阵吗？人家的老婆，一个人带两个孩子，也带得好好的，就你事多。"

然后啪的一下就把电话挂了，她再打过去，电话已经关机了，她只好自己抱起孩子，裹上外套，去外面拦出租车。当出租车司机对她说："大姐，怎么一个人抱着孩子去医院啊，家里人呢？"

她的眼泪唰的一下就下来了，只好推说孩子的爸爸在外地工作，司机叹了口气说："那你一个人带着孩子可真不容易。"

她坐在后排，眼泪流得更凶了，连一个陌生司机都知道她一个人带着孩子很不容易，可是她的老公此刻正在麻将桌上酣战，认为女人带两个孩子都是轻而易举的事。

到了医院，出租车司机特意把车停在离门口很近很近的地方。

晚上来医院的大多都是挂急诊，因为是妇幼医院，晚上来看病的大多都是孩子。但其他人过来都是呼啦啦进来一群人，妻子、丈夫、公婆或者父母，只有她一个人，抱着孩子，还要挂号拿药。

另外一位妻子看见她手忙脚乱的样子，心生不忍，主动说："你抱着孩子去那边坐吧，我帮你挂。"

她连声说谢谢，眼泪却又一次涌了上来，对方递给她一张纸："都是女人，我明白！"

在这个初冬的夜晚，虽然她遇到了好心的出租车司机和另外一位妻子，却依然让她觉得冷到了骨子里，这种寒冷，来自于身边本应相互扶持的人。

所以，她忍不住对我倾诉，她说："除了谈恋爱和刚结婚那段日子，他对我还可以外，我几乎感受不到他的关心，好多次我都在想，为什么我的婚姻会变成这样，难道婚姻真的是爱情的坟墓吗？"

我问她这样的日子过了多久了。她说3年，我试探着问她："那你是不愿意再继续忍下去，想离开他吗？"

她犹豫了很久说："我也不知道，其实我好几次都有离开他的念头，可是总下不了决心，我知道他有很多毛病，喜欢打麻将，下班后很少愿意待在家里，对我也不太关心，可是我看了看周围，好像特别幸福的婚姻也没多少，所以我也不确定了，虽然他有种种毛病，可是毕竟他没有出轨啊！我看到很多老公出轨的女人，过得痛不欲生，觉得其实我也不算最惨的。"

我忍不住问她："出轨和长时间不关心妻子，你是不是觉得出轨更可恶？"

她想也不想地告诉我："那当然了，出轨是对一个女人最大的伤害，不关心妻子虽然也很可恶，可毕竟没犯原则性的错误啊！"

我理解她的想法，在我接触的很多女性中，她们都觉得只要不出轨，其他事情都是可以原谅的。

我也知道，这位大姐只是因为晚上独自带着孩子去看病，心理脆弱了，委屈了。等到明天太阳升起的时候，这一切都会烟消云散，她会继续在毫无温度的婚姻里过下去，而她老公会继续用以前的方式对她。

最后，她跟我说："也许是我要求太高了，想想现在多少男人都出轨了，那么多女人每天都以泪洗面，可能我应该想开点，起码他没有出轨是不是？"

我知道她需要我的肯定，给她继续在冰冷的婚姻中过下去的勇气，但我实在无法去附和她的想法。

我终于还是对她说："其实我的想法正好相反，一个对妻子不好的男人，他出轨的概率是非常高的，当他遇到诱惑时，他是不会考虑妻子的感受的。而一个对妻子特别爱重的男人，出轨的概率反而是很低的，因为他舍不得妻子伤心。所以，如果他对你真的很冰冷，你应该要预防他出轨。"

她很快否定了我的话，她说："不会的，虽然他对我不好，但是他只是酷爱打麻将、和朋友玩，出轨这样的事，他是不会干的，这一点，我是放心他的。"

我也不好再说什么，毕竟那只是我的个人看法，没有事实佐证，并没有什么说服力。

在那个深夜之后，我们基本没有交流过，我依然写我的文章，她依然默默地看文章，时不时地给我点赞。

但是就在上个月，她突然在我的文章下面留了很长的一段话：其实你说得很对，一个对妻子不好的男人出轨概率是很高的，我真的很傻，没想到他在外面有女人都快两年了，我却还坚信他只不过是对我差一点。

我心里一阵悲凉，我倒宁愿我的看法是错误的。

突然想起有一次和先生的对话，我问他："现在出轨的男人这么多，你会不会也出轨？"

　　先生没有斩钉截铁地告诉我，他绝对不会做任何对不起我的事，绝对一生一世只爱我一个，他给我的答案是："如果我不爱你了，那就会；如果我还爱你，那就不会。当我不爱你的时候，我做任何事不会再顾及你的感受，我只要自己高兴就好，但是只要我还爱你，我就一定会约束自己的行为，因为我不愿意看到你伤心。"

　　我感谢他的诚实。

　　经常听到有些男人出轨后对太太忏悔：我只是一时糊涂，我心里还是爱你、爱这个家的。真的是这样的吗？没有一个男人心里深爱着妻子孩子，还能和别的女人翻云覆雨。真正爱一个人，怎么会让她经历这种事？所谓的忏悔，只不过是权衡利弊下的权宜之计而已。当他跨出那一步的时候，他并不爱妻子，至少没那么爱。因为缺乏爱，才会不去约束自己的行为。易地而处，当我们深爱一个男人时，我们会一时糊涂去出轨吗？

　　也经常看到很多太太在冰冷的婚姻里苦苦坚持，只因为相信男人没有走出那一步，可对妻子好和不出轨往往是息息相关的，只有真正深爱一个人，才会约束自己的行为，抵挡一切诱惑。

　　不要认为只要男人没有出轨，其他事情都可以包容，事实往往是：当他对你越来越差的时候，其实离他变心已不远了。

　　这世上，只有一种男人不会出轨：那就是心中有挚爱的男人。

婚姻好不好，只看这点就够了

前两天，一位朋友在朋友圈晒出了自己亲手做的蛋糕，这令正在苦心思索生日礼物的我，瞬间如获至宝。

于是，周末就和朋友一起去烘焙中心学习亲手做蛋糕。

来这里的人几乎是清一色的女性，并且大多都是结婚不久或者孩子还小。未婚的大多还不愿意学习这些技能，结婚太久的早已淹没在生活里，失去了这种兴趣。

女人扎堆的地方，话题自然围绕着婚姻、孩子展开，也很容易混熟。

一位孩子刚刚三岁的妈妈跟我们抱怨，家里的婆婆特别难相处，整天对自己指手画脚，而老公却总是说毕竟她是我妈，年纪也大了，你就迁就她一下吧！三岁的孩子又很缠人，只有来烘焙中心透透气。

另一位还未有孩子的姑娘跟着说，结婚后，老公完全不管家务，又喜欢往外跑，自己和单身没什么区别，却平白多了很多家务和一堆亲戚。

边上正在揉面粉的一位姐姐笑得云淡风轻，说这算什么啊，自己的婚姻才极品，公婆强势又霸道，什么事都要干涉，老公懦弱无能，见到父母就像老鼠见了猫似的，孩子更让人生气，回回考倒数，气得她都快抑郁了。

然后，一堆人就相互叹气，彼此安慰一番，说一句：婚姻就是这样的。

似乎绝大部分女性对自己的婚姻都不太满意：公婆是奇葩，老公不负责任，孩子不省心，好像这个婚姻除了带给自己不愉快，就没别的了。

我忍不住问了一句：那你们单身时，过得怎么样啊？

这个问题，瞬间激活了大家的年轻岁月。

那位妈妈想了想，无限遗憾地说："单身时的日子不要过得太潇洒哦，有一份不错的工作，家里老爸老妈对自己照顾有加，真正是衣来伸手、饭来张口啊！"

其他人七嘴八舌地说着自己的婚前生活，一个说："结婚前，我想买什么就买什么，除了我妈偶尔唠叨几句，从来不需要看任何人的脸色，现在买点什么，还得背着婆婆，其实我花的都是自己的钱，现在却搞得跟做贼似的。"

另一位说："结婚前自己赚钱自己花，自己的事自己做主，现在好像多了一大堆监督自己的人，想想婚前的日子，突然觉得婚后的日子太惨了。"

那位姐姐笑了笑："是啊，想想我们，哪个婚前不是鲜艳明媚？结婚后，一个个就跟枯萎的花似的。唉，如果让我重新选一次，我肯定选择不结婚。"

还有个人索性拿出手机给我们念了个段子："结了婚，晚回个家跟犯了多大的错是似的！结了婚，给娘家买点东西就跟做贼似的！结了婚，跟姐妹儿逛街聚会跟败家似的！结了婚，买件衣服就跟做什么重大决定似的！结了婚，想去看看外面的世界跟做梦似的！"

这番话得到了大家的深刻认同，都觉得结婚后的生活不如单身时，可是不结婚又觉得周围压力太大。

想起不久前当当问我："你觉得怎样判断一段婚姻好不好？"

我想了一会儿说："婚姻好不好，只看一点就够了，那就是婚后是否过得比婚前好。"

这个好和物质无关，和他人也无关，只和一点有关，那就是你的心，是否比从前快乐。婚姻的好坏，不在父母眼里，不在别人眼里，只在你心中，因为再多的物质，再多别人眼中的好，都弥补不了你精神上的空虚，婚姻好不好，是如人饮水，冷暖自知的事，只有你自己才有资格说它好与不好。

有人说好的婚姻，是一场精神上的门当户对，还有人说，好的婚姻，是彼此相互成长，说得都很对，可是这些标准毕竟都太过虚拟了。其实婚姻好不好，没那么复杂，只看一点就够了，那就是你婚后过得好还是婚前过得好。你只需在夜深人静时摸摸自己的心口，问自己一句：我结婚后过得比结婚前好吗？然后，答案自在你心。

结婚是为了什么？是为了幸福，是为了比单身时过得更好，绝不是为了找一个人和一个家族来捆绑自己、要求自己、逼迫自己。

我们结婚，是希望这个世界上多一个人爱我们、陪伴我们。当我们头疼脑热时，有个人会带我们去医院，给我们端水拿药；是为了在大雨倾盆时，有个人会突然出现，接我们回那个温暖的小家；是为了在深夜时，有个人能睡在身边，让我们安心；是为了我们失意委屈时，有个人拍拍我们的肩膀，说一句，别担心，有我在；是为了我们辛苦操持家务时，给我们一个温暖赞赏的微笑。

如果这一切的一切都没有，只剩下做不完的家务，听不完的数落挑剔，过不完的苦逼日子，流不尽的辛酸泪水，那么，这种婚姻有什么意义呢？

想想自己单身时，日子是多么潇洒，脸上充满了明媚笑容，眼里是娇俏灵动的光彩，谁都是被父母呵护疼爱娇宠长大的，你怎么忍心让自己进入不幸的婚姻里呢？不要说我命该如此，不要说婚姻都这样，你配得起好婚姻，也值得拥有好婚姻。即使我们在别人眼里，是普通得不能再普通的凡俗姑娘，在婚姻里，都应该是被万千宠爱的那一个，否则，结婚是为了干吗？

婚姻真正的意义绝不是为了逃避世俗的评价，也不是为了圆父母的期望，更不是为了繁衍子嗣，只是为了自己过得更幸福而已。但凡不是奔着这个目标去的婚姻，都不会幸福。中国的婚姻不幸的比幸福的多，恰恰就是忽略了婚姻真正的意义。

在数不清的将就婚姻里，婚姻的意义早就变了味。对当事者本人而言：婚姻让世人觉得我走的是正道，我在该结婚的年纪结婚了。也对，毕竟坚持自我追求付出的代价比随波逐流要高多了。对父母而言：我的孩子结婚了，我终于完成我的责任了。当然，大多数父母还是希望子女婚姻幸福的，但现实是：让子女按时结婚和尊重子女自由选择婚姻上，他们往往会选择前者。对于更多的家庭而言：婚姻的维持是为了给孩子一个完整的家。总之，所有将就的婚姻里，都有不得已的苦衷。

可是亲爱的，你扪心自问一下，婚姻仅仅拥有这些就够了吗？你自己的感受难道不是最重要的吗？你难道真的一点也不向往婚姻里的温暖和幸福吗？

男人也一样，谁不是迎风少年，谁不曾意气风发，谁不是踌躇满志，怎么忍心让自己在婚姻中成为面目模糊的中年人？

人生就这么短短几十年，让自己拥有一个好婚姻，是对自己最大的负责，也是对自己最大的好。

最终成全我们的，是爱不是恨

先生出国半个月，小侄子天天给我打电话，奶声奶气地说：姑姑来，姑姑来。想着一个人在家也无聊，决定回娘家小住。

第二天，我在卫生间洗漱时，我妈过来倚在门框上和我说话，问我今天想吃什么菜，我说无所谓。

她说你说啊，我去买。我感觉到了她的殷勤和讨好，忍不住打趣道："你什么时候开始对我这么好了啊？"

她不好意思地白了我一眼，然后又别别扭扭地说："我知道，以前是我不好，我对不起你，但是以后我会改正的，你看这几年，我是不是改了很多了？"

对于这样的她，我一时挺不习惯的，只是掩饰道："我在洗漱呢，你先出去。"

关上门的那一刻，眼泪突然就下来了，她的话，打开了我很多封印的前尘旧事。

即便是我的闺密，如当当这样关系亲近的，也不知道我从小是怎么过来的，只是隐约知道，我小时候挺可怜的。

我出生于20世纪80年代，正是经济突飞猛进的大好时机，在我呱呱坠地时，家里就有电视机、缝纫机，要知道，在那个时代，有这些大件的，都是家境殷实的，我的婴儿时期，过得挺幸福的。那时候，家里就我一个孩子，两个姑姑都未出嫁，天天不是这个逗我玩，就是那个哄我睡。据她们说，我小时候特别聪明伶俐，口才极佳，一岁不到嘴巴就知道哄她们了，说长大后要好好孝敬爷爷奶奶和姑姑们。

就这样，我长到六岁（南方以虚岁计），姑姑们已经陆续出嫁，我爸去外地做生意后，我妈爱上了打麻将，从此，一天三场，一场不落，至于我，有没有吃饱，有没有穿暖，都没有她的麻将来得重要。

有一次冬天，小姑姑回来，看见我冻得直流鼻涕，问我你妈呢。我说在打麻将，她到房里翻出厚衣服，替我穿上，气愤不已："你妈简直不是人，一天到晚只有麻将，死在麻将桌上算了。这么冷的天，就给你穿这一点，有她这么当妈的吗？"

那一次，我听见她和爷爷奶奶在房间里激动地说了半天，也听到奶奶的唉声叹气："家门不幸啊！现在我们还在，还能顾到点，等我们走了，孩子就可怜了。"

小姑姑是个直性子，等我妈回来，她就立刻指责开了，我妈很不高兴地说："可怜什么？她是冻死了，还是饿死了？"

那天晚上，我妈恶狠狠地骂了我半小时，警告我别再和爷爷奶奶姑姑告状，小小的我，心里种满了恨。

还有一次，我生病发高烧，她打麻将回来时问我为什么躺在床上，我说我很难受，她嫌恶地说："难受你就去看医生，跟我说有什么用，难道我会看病啊？去跟你姑姑说，叫她带你去。"

大姑姑也听说了这些事，她偷偷跟我说："你要好好学习，出人头地，以后别管你妈，她现在不管你，等她老了你也别管她。"

我听进去了，抓住一切可以提高自己的机会，所以我的成绩一向名列前茅。那时候，爷爷奶奶照看我的时候比较多，虽然我妈不太管我，但家里经济尚可。

十几岁时，我爸生意失败，回了家，这才是真正的灾难开始，家里没有经济来源，两人天天吵架，我经常沦为出气筒，但我性格倔强，绝不任由他们撒气，所以经常被追着，跑到爷爷奶奶那里避难，好在我爸生意失败后虽然性情大变，但他极怕我爷爷。

我不知道那几年是怎么过来的，当看到别的孩子有新奇的玩具时，我知道我的父母买不起，我骨子里很骄傲，即使羡慕到死，也不肯流露出一丝向往。

生意失败后，他们几乎天天吵架，我基本跟着爷爷奶奶生活，偶尔姑姑们把我接走，我变得敏感而骄傲。这些事情，却是我内心的禁忌，从不愿意和人提起，可是小县城里哪有什么秘密？

记得有一次，学校里有位同学家里困难，发动捐款，我把自己一个星期的饭钱都捐了出去，班主任当众说："你们看，情情家里这样，她还捐了这么多。"

所有人都看向我，我却觉得脸上发烫，抬不起头来，班主任的话，让我的窘迫暴露在大庭广众之下，避无可避。

在骂骂咧咧和每天的摔锅打盆以及债台高筑下，我终于考上了大学，父母非常生气，因为他们希望我考上清华，而我没有。我当时的心情是这样的：你们每天吵个没完，家里就没有一寸清净的地方，我还考清华？

大学是考上了，学费却没有着落，大姑姑打电话来的时候，我跟她说了，她叹了口气说："这就是你的命啊，摊上这样的父母，一点责任心都没有。既然是这种德行，生什么孩子？作孽啊！"

两天后，大姑姑给我送来了第一年的学费，我妈讪讪的，让我快谢谢姑姑。

大姑姑对她说："她都考上大学了，你也已经人到中年了，这辈子就打算这样下去了吗？你就算不为她着想，也要为自己的老年想一想，人家的孩子学不好家长郁闷，我们家的孩子才华横溢，一看就是有出息的，你把她毁了，你身上又没有积蓄，你老了怎么办？我哥估计也是扶不起来的了，你唯一的指望就是她，我为什么要送钱过来？这孩子是我们整个家族最聪明的，你怎么样都得把她供到大学毕业吧？"

我不知道是不是大姑姑的话，真的刺激到了我妈，我进大学没多久，姑姑告诉我，我妈找了份工作，决定赚钱去了，说实话，我很意外，但并没有多少感动。十几年来，我们之间几乎不剩什么亲情，我更明白，她现在这么做，只是考虑到了她的养老问题而已。事实上，在此后的大学时期，她时常提起，为了供我念大学，她付出了多少，如果以后我不报答她，那就要天打五雷轰、猪狗不如。

大学里，有很多空余时间，自小的成长经历，让我喜欢和文字为伴，靠着自己的文章收入，也能过得和其他同学差不多，家里的实际情况，我没有告诉过任何人，包括我最好的闺密。

伴随着辛酸和辛苦，我终于大学毕业，能够自食其力了，凭着自己的成绩，进入当地最大的公司，直接和大boss共事，我爸提出，要我把收入的70%上交给他，以报他的养育之恩。

我冷笑："什么叫养育之恩，你是养了还是育了？天天混迹在牌桌上，你怎么就好意思提这种要求呢？别说70%，一分钱我都不会给你，你要是不让我好过，我会和你玉石俱焚，小时候我无力反抗，现在我可不怕你。"

说完，我扬长而去，跟大姑姑说了这件事，大姑姑痛恨地说："你爸不要脸到极点了，好在你是女儿，赶紧找个男人嫁了，远离这个家，过自己的生活去。"

而后，大姑姑立刻开始张罗给我相亲，我很抗拒，一来是因为她给我找的都是一个模子里刻出来的男人：家境殷实，收入不错，为人老实本分；二来从小看着父母天天吵架，恶毒地诅咒对方早点死，我对婚姻，真的没什么兴趣，甚至觉得一辈子不结婚都挺好的。

大姑姑见我全部拒绝，很不高兴，问我难道一个都没看上吗。我说我不喜欢，她皱紧眉头说："我知道你心气高，但是你要考虑实际情况，就你父母那样的，你还能嫁得多好呢？赶紧找个男人嫁了，从此过自己的生活。"

能远离这个家庭，对我很有吸引力，可是我不希望这是通过婚姻来实现的，我顶住无数压力，始终不肯答应，大姑姑对我也没了耐心，我们拉锯了一年后，她便不管我了。

不管大姑姑如何要我认命，我始终不肯，成年以前的生活我决定不了，成年以后的生活，必将由我自己做主，我命由我不由天。

后来，遇到了先生，也许是他身上的成熟稳重，也许是他的温柔体贴，给了我一种如父如兄的感觉，我极少信任一个人，但对他有着莫名的信任，我愿意恋爱，无忧无虑地享受一段感情，可是对于婚姻，我却提不起什么兴趣，觉得那不过是一张纸，可有可无，又或许，我根本不知道该如何和他说我的家庭。

在时间的驱使下，他带我去见了他的父母，但此后一年，我都没带他回过家，有一次，他提起结婚，我说我觉得这样就挺好的，我不喜欢婚姻。

他愣了，以为我在开玩笑，说哪有女人不喜欢婚姻的。我说我就不喜欢。他说，那难道你就打算这样跟我一辈子吗？我静静地看着他说："有何不可？"

他生气了，说："你这是在玩弄我吗？"

那一天，我把我所有的过去都告诉了他，说了整整一夜，他很震惊，原本他以为我一定是个娇娇女，受尽父母宠爱，所以他们愿意倾尽所有来培养我。

他说："你知道吗？你最吸引我的就是你的笑容，你那么开朗乐观，没想到，竟然藏着这么多事。"

我把眼泪逼了回去："不开朗不乐观又能怎样？见到一个人就哭诉吗？我不需要别人的同情。"

他说不是同情，是心疼，你父母亏欠你的，我来补。

我问他，我有这样一个家庭，你真的要娶我吗？

他点点头说："不管你的家庭如何，那不是你能选择的。在这样的家庭里，你能一直努力，不放弃，不将就，拼命完善自己，我更觉得难能可贵。我知道你为什么不愿意结婚，你不需要因为你的家庭而觉得难以启齿，我保证我家里的每一个人和我的朋友，都会给你足够的尊重。"

也许是这番话打动了我，我决定嫁给他，可是带他回家之前，我依然是忐忑不安的。我不知道见面后会如何，也不知道未来会如何，但是，人总得往前走，不是吗？

见面之前，他一直在准备见面的礼物，我却冷眼旁观。我不觉得对我父母，需要这么多礼节，叫他随便准备下就可以了。他认真地说："我尊重你，所以也会尊重你的家人。"

见面很顺利，不知道是先生的气度令他们有压迫感，还是他们终于醒悟了，反正那次见面，他们表现得很正常。

先生非常尊重他们，也许对我父母而言，这一辈子一直吃喝玩乐，不负责任，见到的都是别人嘲讽的眼光，从来不知道被人尊重是什么感觉吧？

此后，但凡逢年过节，先生都会准备厚礼登门，陪他们聊天，满足他们各种心愿。

或许先生对他们的尊重，唤醒了他们内心的自尊，总之，我抗争多年，他们死活不改的积习，竟在此时有了很大的变化。

在五十多岁以后，他们开始学习做父母，起初，我并不领情，我年幼需要照顾时，你们在哪里？如今我已成年，又何须你们的关心？

先生开导我说："难得他们愿意向善，这是好事，别用冷漠再度把他们推回以前，这么多年，难道你真的不需要一个正常、温暖的家吗？其实我知道，你还是爱你父母的，只是他们把你的心伤透了，所以，你不肯承认你对他们是有感情的。别跟自己较劲，想一想，如果不是他们当初的不求上进，你怎会发愤图强呢？我不是要你感激他们的伤害，而是希望你放下，一切皆有定数，上苍自有安排。"

一切皆有定数，上苍自有安排？也许是吧！如果不是他们，可能我已经早早嫁给别人，过着按部就班的日子，也许像有些女孩那样被父母宠得人事不知，落入渣男之手。

先生给我的爱既多又厚重，他知道我极不容易信任一个人，婚前便购好房子，只写我一个人的名字，将大部分财产转入我的名下，无论我喜欢什么，他都会一一满足。

爱能够使人心态平和，我渐渐接受了父母的悔改，宽容和尊重才能使一个人真正地回头，当年我做不到的事，先生替我做到了，也许，当年我的极力抗争与反对，做的都是无用功。

如今，他们已经变得和正常父母差不多，也老了，晚年生活过得不错，有人跟我说："还是你父母好啊，玩了一辈子，没想到晚年还能过得这么好，这辈子真是赚了。"

可是，他们真的赚了吗？在物质上，我确实出手大方。可是我很清楚，因为缺失了二十年，我们没有正常亲子的亲昵，叫我出钱，都没问题，但要我像其他子女那样陪父母旅游或者床前尽孝，我做不到。我会做的事，大概就是花钱吧！

这便是人生，有得必有失，有些事，必须有付出才有回报。但我知道，我心里还是爱他们的，只是做不到像别的孩子那样跟父母撒娇、有事就去找父母，我习惯了独立解决。

这些年来，心态真的渐渐趋于平和了，曾经的辛酸和愤怒，都已经消失在我的人生中，和父母之间能化解到哪一步，我不知道，但总体在向好的方向发展。先生对我的爱，始终如一，令我渐渐相信，这世上，真的会有一个人，爱我如生命。朋友闺密也越来越多，让我知道，我在这个世上，不是孤独的，有爱我的人，也有我爱的人。

我也真正明白了，最终成全我们的，是爱不是恨。

你在婚姻里备受欺负，真不是因为你收入低

昨天晚上，朋友F发了两张截图，是新书的排行榜，她羡慕地对我说："亲爱的，真替你高兴，我看到文学总榜前十名里，你的书就占了两本，一本是《做一个刚刚好的女子》，一本是《做一个有风骨的女子》。

"其他入榜的都是名家，看到你和他们的书排在一起，有种与有荣焉的感觉。

"这几年，看着你一步一个脚印走来，很感慨，有羡慕有祝福，我真的很羡慕你，不必委曲求全，身边的人都对你很好。"

我笑着说："你也可以啊！"

她说："我怎么能跟你比啊，你的事业越来越好，可是我这十年里，就是给别人打工，中间因为生孩子带孩子还耽误了几年。

"现在还拿着一个月几千的工资，没有你的底气，更没有你的才华啊！哪里能像你过得这么有底气呢？"

我叹了口气，不知道该怎么扭转F的观念。

我想讲一个前几天很触动我的事情。那天我和先生出去玩，在一座陌生的城市，在天桥下人来人往的地方，有一个上了年纪的老人，用一把破旧的二胡拉着以前的旋律，《真的好想你》《二泉映月》《梁祝》。

我和先生驻足，先生有着意外之喜："拉得挺不错的呢，不输你的古筝哦！"

我笑笑："比我的古筝强多了，高手在民间嘛！"

老人面前摆着一个盘子，里面有零星的硬币和纸币，我放轻脚步在上面放下一张钱，退到一边听他继续拉。

旁边走过来一个牵着孩子的女人，孩子似乎也被音乐吸引了，叫妈妈快给钱，女人很不耐烦地掏出钱，有点轻慢地将其扔到了盘子里，回头对孩子说："好好学习知道吗？否则以后也在大街上乞讨！"

女人嗓门挺尖利的，我们基本上都听见了。

音乐戛然而止，老人看了看盘子里的钱，拿起女人给的那一张，站起来走过去，把钱递给女人："我是卖艺的，并不是乞丐！"

女人面色尴尬，更多的是不以为然，嘀咕道："有什么区别？不都是要钱的吗？都到这份上了，还讲究这个，莫名其妙！"

然后，她拉着孩子走了，低头又跟孩子说着什么，估计又是轻视老人的话。

　　再看老人，他又坐下开始拉二胡，似乎没有刚才的插曲，可是周围的人纷纷往盘子里放钱，我明显感觉到那些放钱的人，动作里多了一份钦佩、一份尊重。

　　这一幕突然就触动了我，有种什么东西像拨云见日一般明朗起来。

　　前几天我写了安迪的文章。

　　很多人说安迪之所以有这样的心态，是因为她有能力有雄厚的经济基础，所以她才可以不讨好别人。

　　如果一个女人一个月只有几千块钱收入，她怎么有底气、有骨气？

　　一个老人，在街头卖艺，艰难度日，在别人眼里，或许与乞丐无异，很多人给钱，可能出于同情，可能出于怜悯。

　　但是他自己清楚，他是靠手艺吃饭的，虽然收入不高，生活在社会底层，但他有尊严有骨气。

　　街头卖艺的老人尚且能做到如此风骨，为什么一个月收入几千的女人就不能有尊严有底气地活着呢？

　　难道尊严、底气这种东西真的只有收入上百万上千万的女人才配拥有吗？

　　我把这个故事讲给F听，她久久无语，然后才说："亲爱的，你的话触动了我，但是我需要好好消化一下。"

　　我说："好的，一定要记住，不管别人尊不尊重你，起码你自己要尊重自己，如果连你自己都轻视自己，别人怎么可能尊重你？"

我始终相信一句话：人必自轻而后人轻之，人必自重而后人重之！

我和先生刚在一起时，一个月赚的钱，不够他吃一顿饭唱一次歌的，我收入少我承认，但我不觉得我收入少就应该夹着尾巴做人，苦心孤诣地去取悦他。我出生在小县城，先生生活在大城市，我也不觉得我在婆家必须矮一截。

从始至终，我尊重先生的家人，更尊重我自己，所以我们一直相互尊重，关系融洽。

公公婆婆不会因为我是小县城出身而轻视我，待我一直很好，我也很尊重二老。

很多女人认为自己在婚姻里没地位，在婆家没地位，是因为自己收入不高、出身不好。

事实上，我们不得不承认，真的呼风唤雨、事业如日中天的女人有几个呢？大多女人守着一份平凡的工作，每个月拿着几千块钱薪水，过着平凡的生活。

可是这些女人都不配得到尊重吗？

不！你一不偷，二不抢，自己有收入，即使你因为带孩子待在家，难道就该以一副小媳妇、小保姆的样子示人吗？

那不过是分工不同而已，你完全可以活得堂堂正正，为何要过得如此委曲求全？

要知道，你的底气不足，你的委曲求全，就等于告诉别人：我是个收入低的女人，思想与经济都不独立，你们快来欺负我吧！

你勾起了别人心中的恶，别人怎么能不来欺负你呢？

当然，我们也不能完全摒弃经济实力的作用，假如你能力超群，收入不菲，别人自然会高看你一眼。

而这些女人，普遍对尊重的需求更高，一般是不允许别人轻视自己的。

真正需要提高自尊意识的，恰恰是那些收入普通、平平凡凡的姑娘，经济能力这种事，不是一蹴而就的，所以你更应该明白：

真正令你们在家庭生活中被委屈被轻视的，并不是你薪水不高或是在家全职带孩子，而是你自己都认为：我要带孩子，没有收入，他们不尊重我也是应该的；我一个月薪水才几千块钱，没有像安迪那样的能力，所以不配得到别人的尊重。

这样想的姑娘，遇到不公平的事，往往会暗示自己：算了，谁叫我没能力呢，所以受委屈也没办法；算了，谁叫我赚得少呢，在家没地位也正常。

姑娘，任何时候，不要妄自菲薄，不要轻易放弃尊严和底气，只有你自己挺起胸膛生活，别再一副委屈小媳妇的样子，别人才会报以尊重。

任何人欺负你，原因只有一个：你好欺负！而不是因为你没钱！

人性很现实，那就是：我们只尊重那些尊重自己的人，我们看不起自己都看不起自己的人。

什么样的男人最可怕？

我的朋友Z是个私营企业家，二十年前就下海经商了，经过这么多年呕心沥血地经营，公司规模已经不小。

但是有一件事一直困扰着他，无论他怎么努力，都达不到预期的效果。

Z是个非常勤勉自律的人，即使身为老总，不受公司规章制度约束，也从不迟到早退，除非出差不在公司，到了节假日，也永远把工作放在第一位。

只要公司有事，他一定会第一时间赶到，平时加班加点更不在话下，在大家眼里，他是有工作狂潜质的。

勤勉的领导，自然喜欢和自己一样敬业的下属，他希望公司的员工和高层都能和他一样，尽心尽职地对待工作，全心全意地为公司服务。

可是下面的人总是阳奉阴违，一遇到加班，不是推说身体不舒服就是家里有事。他就奇怪了，怎么他家里就没那么多事呢？

为了解决这个问题，他想过很多办法。

比如给大家培训，树立更高的远景目标，给予丰厚的加班工资，提高员工的各种福利待遇，希望提升员工的敬业度。

可是，不管他怎么做，员工的敬业度始终没什么起色，这下把他郁闷得够呛。

他在微信上问我："你善于从人性上看问题，你觉得我怎么做才能让他们像我一样敬业？"

我笑着说："那根本不可能，企业是你的，不是他们的，他们不可能达到你的敬业度，如果你非追求这个，一定会失望。"

别看Z已经是老总，陷在某种欲求不达的期望中，也依然跳不出自我这个圈子。

他说："企业业绩上去了，利润多了，他们的收入也会多，这是和他们息息相关的事，如果企业效益不好，对他们又有什么好处呢？"

我问他："到底希望员工们达到一个什么样的状态？"

他说："任何一个做企业的，都希望员工把公司放在第一位，当公司需要时，能为公司奉献。"

我完全理解他，如果我是老板，我也会有同样的希望：

当公司有事时，员工能主动留下来加班加点；

当公司与私人事情冲突时，能以公司利益为先。

在过去的几十年里，全社会都提倡这种做法，如果一个人为了公事，牺牲自己的休假时间、陪伴家人的时间，甚至疏于参加孩子的成长过程。

他不但不会受到指责，还会被各种褒奖、赞赏，被拿来当成典型，呼吁其他人向其学习，于是，很多人在这种环境的熏陶下，追求"大公无私"。

孤独的妻子独自照顾着年迈的公婆和幼小的孩子，所有的辛苦和心酸只能独自品尝。

社会大众需要她做的是贤惠，支持丈夫的事业，否则就是不识大体，反之也一样，男人必须支持妻子的大公无私，导致孩子在形似单亲家庭的环境中长大。

所幸，这种违反基本人性的做法，在这几年已经不再吃香，很多人纷纷提出：如果连陪伴家人的时间都没有，你成功个屁啊！

而我想说的是：如果一个人可以为了成功牺牲陪伴家人的时间、偏离正常的"度"很远，这个人是相当危险的。

有一个故事我想大家都听过：大禹治水。

传说在我国远古时代，大约四五千年前，发生了一次特大洪水灾害。

为了解除水患，部落联盟会议推举了鲧去治水，鲧治水九年劳民伤财，对洪水束手无策，耽误了大事，被处死在羽山。

部落联盟会议又推举了鲧的儿子禹。他是一个精明能干、大公无私的人。大禹请来了过去治水的长辈总结过去失败的原因，并且经过实地考察，制订了一条切实可行的方案：一方面加固和继续修筑堤坝，另一方面，用"疏导"的办法根治水患。

大禹亲自率领二十七万治水群众，全面进行疏导洪水的行动，除了指挥外，还亲自参加劳动，为群众做出了榜样。

他不辞辛劳，废寝忘食。在治理洪水的过程中，曾三次路过自己家门而不入。

在他的领导下，人们经过十三年的艰苦劳动，终于疏通了九条大河，使洪水沿着新开的河道服服帖帖地流入大海。

在治水的同时，大禹和治水的大军还大力帮助老百姓重建家园，修整土地，恢复生产，使大家过上了安居乐业的生活，完成了流芳千古的伟大业绩。

我第一次接触这个故事时，还未上小学，觉得这是一个正能量的故事。

直到我上大学时，曾和一位历史系的教授聊天，他告诉了我一个完全不同的版本。他说我们只看到了语文课本上的故事，学界一直有另一种说法：

大禹治水曾三过家门而不入，所有人都认为他是个大公无私的人，只有舜身边的臣子彭祖持不同意见。

他说已经到家门口了，真的就没时间看一眼老婆孩子？能弃亲情至此的人，其实很可怕，舜却听不进去。

结果，到了舜晚年，大禹利用自己治水的威望挟功劳迫使舜让位，而相比舜时，大禹的统治手段严酷得多，杀一儆百之事，常有发生。

而另一件事便是大禹之前一直是禅让制，到了大禹之后，便成了世袭制。关于这一点，同样有两种说法。

一种是大禹遵守了禅让制，晚年禅位给了小贵族"益"，他的儿子启杀了"益"，夺得了统治权。

另一种说法是大禹直接让启继承了统治权。

无论是哪一种，大禹都不是一个白璧无瑕的人。前一种，他三过家门而不入，疏于对儿子的管教，后一种，直接体现他是个私心比谁都重的人。

真相如何，我们无从印证，也不是今天讨论的重点，这种说法只是提供一个完全不同的思考角度。

前段时间，一位姑娘给我留言说和男朋友已经到了谈婚论嫁的年纪，可是没有房子，她不想裸婚，希望男朋友去找他父母提买房子的事。

据她的了解，男朋友父母都是退休工人，虽然钱不多，但身边总是有些养老钱的，儿子结婚是大事，父母难道不应该出一份力吗？

可是男朋友死活不愿意，他说以他的能力，暂时还买不起房子，要么晚点等付得起首付时再结婚，要么先租房，两人一起努力，争取早点买上房子。

父母根本没多少钱，那些钱都是从牙缝里省下来的。

姑娘老大不高兴，觉得男人有什么权利要求女人陪他吃苦奋斗，青春就那么几年，而且她觉得男朋友在乎父母比在乎自己多，这一点让她犹豫是否应该继续跟他走下去。

她问我："到底是不是两人一起努力买房更幸福？"

这个我说不好，得看双方接下来的相处，也看男人之后是否真的为了两个人的家好好努力。

但如果一个男人一听女朋友说要买房子，立马跑到父母面前要拿父母的养老钱去买，未来幸福的可能几乎等于零。

只是很多姑娘从来看不清这一点，当男人牺牲父母、朋友的利益来爱自己时，不但没有任何警惕之心，反而会生出一种"这个男人好爱我"的感觉。

在生活中，很多姑娘会犯一种错误：

当自己爱上一个人时，希望自己是他的全部，父母、朋友统统往后站，事事以自己为先，全然不管自己的要求是否符合常理，对方所做的事情是否违背道德人伦，只沉浸在自己的小情小爱中。

亲爱的，如果一个人愿意付出一切来爱你，包括他的原则、底线、人品、道德，请记住一定要远离他，哪怕他真的愿意为你做任何事。

　　因为，当你是他追求的目标时，他可以牺牲其他所有人的利益。那么，如果有一天，他最重视的人不是你了，他会牺牲你的所有利益去取悦别人。

　　这世上，没有底线的人最可怕。

多少女人的婚姻，已经陷入"死局"

我发现我真不是一个很好的聊天对象，昨天一位姑娘找我聊天。

她说看了我之前推送的文章《你在婚姻里备受欺负，真不是因为你收入低》，对她的冲击很大，可是她觉得这并不能解决她的问题。

姑娘结婚四年，孩子两周岁，还不能上学，家里用鸡飞狗跳来形容，那真是太客气了。

她说自己是独生女，老公有一个姐姐，从结婚起，婆婆和大姑子对小家庭的干涉就没停过。

婆婆的表现是：

反对她的任何消费，即便是买一双袜子都要说一句，你没袜子穿了吗？如果买套护肤品，那动静就更大了，说她不会过日子，说她天天打扮着到底要给谁看，说她一点也不知道为将来打算。

好在那时候她有自己的工作，婆婆虽然天天烦，毕竟也管不了她的钱袋，但每天唠唠叨叨的也很烦。

最让她受不了的是她的大姑子，明明已经出嫁的人了，手还伸得那么长，要来当她的家，说他们两口子都不太会过日子，不如把钱给她，让她来替他们管家！

姑娘自是不肯，于是，婆婆和大姑子每天就在老公面前说她坏话，说她不会做人啦，说她家务干得不好啦，说她人太笨啦！

渐渐地，老公开始看她不顺眼了，觉得她确实哪哪不好，甚至觉得如果自己娶了别人的话，日子绝对比现在好。

后来姑娘怀孕了，原本打算休完产假回去上班，父母也答应给她带孩子，可是年纪大的人病痛多。

那段时间父母身体都不好，腰都直不起来，根本无法帮她带孩子，婆婆一向看她不顺眼，自然不会帮她带孩子，所以，她不得不辞职自己带。

于是，生活更加雪上加霜，自己没了收入，买什么东西都要找老公要钱，加上婆婆和大姑子暗中使坏，夫妻感情已经濒临破裂，自己都不知道还能撑多久。

姑娘说："晚情姐，我自己尊重自己没用啊，他们绝对不会尊重我的。你在婚姻里能得到尊重，我觉得除了你的观念以外，你恰好遇到了好人家，你公公婆婆人好，所以他们会尊重你、善待你，如果换成我公婆和大姑子试试，你再尊重自己也没用啊！"

很多人都认为嫁给什么样的老公，遇到什么样的婆家，主要看一个人的运气，我觉得这话在古代是成立的。

毕竟古代是靠"父母之命，媒妁之言"的，那些女子根本没有自己的选择权，对方的家庭怎样，往往靠媒人一张嘴，对方的品行如何，婚前也无从得知，能嫁给谁、未来的生活如何，大部分得靠命运垂青。

可现在是什么年代呢？自由恋爱时代！

你可以自己选择和什么男人谈恋爱，你可以自由选择谈多久，你也可以在结婚前上男方家吃饭聊天联络感情外加观察，你更可以决定嫁还是不嫁。

甚至，你嫁了要是觉得日子不堪忍受，法律还赋予了你一项权利：离婚！

古代以男子休妻为主，只有少数朝代，女人也可以选择和离，而现在离婚并不是男人的专利。

在这么多有利条件下，你还是嫁给这种男人、这种家庭，最后把婚姻过成了"死局"，真的都是命运的责任，自己一点问题都没有吗？

所以我对姑娘说："你说的也没错，如果我遇到你这样的婆家和老公，我想了想，我似乎也没把握把日子过得像现在这样。但是有两个大前提你可能忽略了，我要是知道这家人如此奇葩，还没结婚我就跑了啊，我干吗还要嫁过去相爱相杀呢？我跟自己又没仇！第二点，我也不会坐视局面恶化成这样，在第一次受到不公平对待时，我早就采取措施了，要么直接策反老公，要么直接离婚，绝不会坐以待毙！"

我的尊严也不允许我把日子过成这样，这和他们会不会尊重我无关。

尊严是什么？

尊严并不能决定你的生活一定会人人尊重，但尊严决定你不会在受到不公平对待时无动于衷。

因为你的自尊不允许，所以它决定的是你的下限，也就是底线，是保障你最基本的生活的。

当然，今天的文章主要不是谈尊严不尊严的，对有些已经把婚姻过成"死局"的姑娘而言，尊严实在太奢侈了。她们当下的问题都一团乱了，哪里还顾得上这些。

那些把婚姻过成"死局"的姑娘，往往跟一个学校培训出来的一样，观念和话语惊人地相似。

比如：已经生活在水深火热里了，也在到处求助，然而，不管你给什么建议，她们都有"不得已"的苦衷，你叫她们学会自尊，她们会说别人不配合啊！

哦，我从来不知道自尊需要别人配合的，那不叫自尊，叫"他尊"好吗？

难道一个人自尊之前要广而告之地说：喂，我现在要开始自尊了，你们都得尊重我、配合我？

等你做到了自尊，才有"他尊"，难道因为别人不尊重你，你就不尊重自己了吗？什么逻辑？

夫妻关系、婆媳关系已经到了一触即发的程度，也在到处求助，但是什么都不愿意做，生怕失去什么。

恕我直言，你还拥有多少？财产？疼爱？地位？倘若你真的拥有这些，也就没这些问题了。

都到置之死地而后生的地步了，你还有什么可失去、可瞻前顾后的？

但是这些话跟她们说没用，她们有无数理由为自己辩解。

比如看见比自己过得好的女人，她们不会去思考自己和对方为什么会有这种差距，

她们觉得：那是因为人家出身好。

假如人家出身也不好，就认为人家运气好；假如人家不是凭运气，而是凭能力，她们就会觉得那是人家没孩子没负累；假如人家也有孩子，她们也只会觉得那是人家的孩子很省心。

总之，她们永远不会换一种思维去思考。

即使自己的生活里真的有很多难处，难道就真的毫无解决的办法了吗？

我从来不相信有解决不了的问题，只有不愿意去解决的决心，因为太喜欢给自己找借口，做思想和行动上的矮子。

所以，她们什么都不敢做，得过且过，妄想着也许有一天问题迎刃而解了呢？最后，就把日子过成了"死局"。

一个缺乏面对的勇气、解决的魄力、长远的眼光的人，必然会陷在死局里，终生郁郁，事业如此，人生如此，婚姻亦如此！

后记

　　写完最后一篇，已经泪流满面，所有的一切，最终归于幸福，只有我自己知道，我走了好长好长的路，一个人。幸亏，始终不曾妥协或放弃。

　　其实，曾经的我敏感而自卑，我知道曾经的苦难并不是我的错，可是我却如犯了大错的人一般，羞愧、难堪，总是避免提及。直到如今，我终于可以面对这些过往，因为我已经和过去和解，我知道每个人的人生都是不一样的，恨和抱怨根本解决不了问题，只会毁了自己。

　　唯一有用的，就是积极努力，摆脱曾经的不幸，将自己的命运牢牢掌握在自己手中。

　　起身推开落地窗，爱琴海就在眼前，海天一色，广袤无垠。人于天地间，更觉渺小，可是我却生出一股傲视苍穹的勇气：我命由我不由天！

风吹起长发，裙袂飞扬，先生也走了出来，我们相视一笑，突然觉得无比留恋这个红尘俗世。

虽然带给我们伤痛、苦难、泪水，可是也让我们感受到了幸福、喜悦、宁和，所以，我爱这个红尘俗世。

这些年来，很多姑娘跟我求助感情问题，她们诉说自己的不幸和痛苦，也有很多姑娘认为，我属于幸运儿，所以不懂她们的无助与痛苦，每次我都在心里回答：姑娘，其实，你的出身比我好太多了，我不是没有经历过痛苦，我只是不喜欢把自己的问题都归咎于曾经的不幸。

因为经历过苦难，才会更加明白努力的意义。你可以责怪父母、责怪命运、责怪男人，然而，有用吗？只有积极面对和解决，才能让自己走出困境。

成年之后，我们的生活如何，其实，已经取决于我们自己。

晚情

全书完于爱琴海